RÉ VOLUÇÃO NO PAÍS DO CARNAVAL

MIGUEL NICOLELIS

RÉ VOLUÇÃO NO PAÍS DO CARNAVAL

O julgamento final de uma nação fantasiada de democracia

Planeta minotauro

Preparação: Ligia Alves
Revisão: Fernanda Guerriero Antunes
Projeto gráfico e diagramação: Matheus Nagao
Capa e ilustração de capa: Fabio Oliveira

Dados Internacionais de Catalogação na Publicação (CIP)
Angélica Ilacqua CRB-8/7057

Nicolelis, Miguel
Ré volução no país do carnaval / Miguel Nicolelis. - São Paulo : Planeta do Brasil, 2025.
240 p.

ISBN 978-85-422-3841-9

1. Ficção brasileira I. Título

25-3908 CDD B869

Índices para catálogo sistemático:
1. Ficção brasileira

2025
Todos os direitos desta edição reservados à
Editora Planeta do Brasil Ltda.
Rua Bela Cintra, 986, 4º andar – Consolação
São Paulo – SP – 01415-002
www.planetadelivros.com.br
faleconosco@editoraplaneta.com.br

SUMÁRIO

AO MERITÍSSIMO JUIZ
ÂNGELO BRASIL NICOLELIS.

AGRADECIMENTOS

A maior parte de *Ré Volução no país do Carnaval* foi escrita nas semanas que se seguiram a mais um "golpe dentro do golpe", executado pelo ditador de plantão, Ernesto Geisel, no dia 1º de abril de 1977 – Dia Internacional da Mentira e a data favorita, por razões óbvias, do regime instalado no dia 1º de abril de 1964 – e que levou ao fechamento temporário do Congresso Nacional. À época, eu tinha apenas 16 anos, mas há tempos, refugiado na biblioteca de Dona Lygia, eu começava a compreender de forma mais explícita toda a amplitude das atrocidades e dos crimes cometidos pela ditadura militar que assolava o país havia treze anos e que ainda sobreviveria por oito anos mais, mesmo que na UTI e respirando por aparelhos, em estado comatoso terminal.

Quando eu parti para os Estados Unidos, em 1989, para realizar o meu pós-doutorado na Filadélfia, um dos primeiros itens que adicionei à minha parca bagagem de mão foram as cento e poucas páginas datilografadas do manuscrito, as quais conservo até hoje, apesar do quase esvaecimento do texto original produzido pela máquina de escrever que minha mãe, a escritora Giselda Laporta Nicolelis, me dera alguns aniversários antes, como que para incentivar o filho primogênito a colocar seus pensamentos doudivanas de adolescente no papel. Mas foi total surpresa para Dona Giselda e alguns outros membros da família, em particular, meu pai, Ângelo Brasil Nicolelis, juiz de direito e responsável pela condenação de vários membros do famigerado esquadrão da morte de São Paulo nos anos 1980. O excelentíssimo meritíssimo juiz Nicolelis jamais leu o manuscrito original – apenas algumas páginas aleatórias. Pior, ele jamais soube que o protagonista desta sátira mordaz, o também excelentíssimo meritíssimo juiz Fato Consumado, fora inspirado no exemplo de dignidade, humildade, humanismo, retitude e imparcialidade jurídica que caracterizou toda a carreira anônima do meu querido pai.

Foram necessários mais vinte anos para que eu retomasse a trama de *Ré Volução*, nos idos de 1997, mas a primeira versão final só foi concluída durante o meu ano sabático em Lausanne, na Suíça, em 2006-2007. Logo depois da publicação do meu primeiro livro de neurociências, *Muito além do nosso eu*, em 2010 nos EUA e no ano seguinte no Brasil, eu revisei o texto mais uma vez e pedi ao meu agente literário em Nova Iorque que buscasse uma editora brasileira para publicá-lo, dado que, em poucas semanas, *Muito além do nosso eu* havia alcançado o topo dos rankings de venda no Brasil, com mais de 20 mil volumes vendidos (chegaria a mais de 100 mil exemplares vendidos em todo o mundo, traduzido para dez línguas), sendo o segundo livro mais vendido na Festa Literária Internacional de Paraty (FLIP) daquele ano. Para total surpresa, tanto minha como dos meus agentes americano e brasileiro, nenhuma editora brasileira se sentiu à vontade para publicar uma crítica tão hilária quanto feroz do golpe de 1964, na forma de um último tribunal do júri num certo patropi. Nem mesmo a editora brasileira que publicara *Muito além do nosso eu*.

Depois do grande sucesso de *Nada mais será como antes*, eu coloquei na mesa do meu querido editor de ficção, Mateus Erthal, a mais recente revisão de *Ré Volução*, finalizada durante o meu *lockdown* em São Paulo nos anos da pandemia. Para minha total alegria e meu alívio, algumas semanas depois, Mateus me telefonou para confirmar que ele teria muito prazer em publicar o meu manuscrito ainda em 2025! Uma pequena mudança seria incluída: um subtítulo mais do que apropriado para o momento histórico que o Brasil viveu em setembro de 2025: *"O julgamento final de uma nação fantasiada de democracia."*

Foi assim, então, que, depois de quase cinquenta anos de espera, *Ré Volução* ganhou a sua tão esperada alforria; de repente, liberta das profundezas das minhas tantas gavetas, ela emergiu, tão real e ainda tão atual, de páginas quase totalmente apagadas, mas jamais esquecidas, de um texto datilografado por um adolescente amargurado e angustiado com tudo aquilo que ele via, ouvia e lia sobre o que se passava nos porões do seu amado país. Como diria um dos seus personagens mais caricatos: ela agora deixa o anonimato para entrar na história.

Depois de cinquenta anos, graças aos meus amigos da Editora Planeta, eu finalmente pude extravasar este meu desejo de oferecer um pouco de justiça, por menor que ela seja, a todos que padeceram de perdas irreparáveis durante aqueles 21 anos de ignomínia. A eles e a suas famílias que nunca receberam um verdadeiro e digno pedido de desculpas do Estado Brasileiro, eu dedico este desabafo juvenil em forma de sátira letal.

Depois de meio século de espera, eu também me sinto plenamente satisfeito em poder fazer justiça ao jovem Miguel, que me legou este desejo de nunca desistir de uma boa causa, por pior que sejam as chances de sucesso e maior o número das rejeições. No frigir dos ovos, o mais teimoso quase sempre saboreia a vitória final.

Além disso, com este livro eu finalmente posso fazer o agradecimento devido ao homem que me ensinou, pelo seu exemplo cotidiano, que a última esperança da humanidade é a indignação irrestrita e a busca obsessiva pela justiça. Demore quanto ela demorar.

Dr. Ângelo, este é o meu humilde presente em homenagem a sua vida. Demorou, mas chegou, senhor meritíssimo!

CAPÍTULO 1

O ABRE-ALAS

As apostas continuavam a todo vapor. Absolvição, a barbada do século, pagava dez por um. Na antessala do Fórum, todos os presentes, sem se preocupar ainda com as eventuais punições do regime, viviam a agitação típica de uma sexta-feira de Carnaval. Para surpresa geral, o assunto do momento em todas as rodas não tinha nada a ver nem com a festança, nem mesmo com futebol, as duas obsessões nacionais. Naquele país tropical, às vésperas da sua maior esbórnia popular, um Tribunal do Júri se preparava para tirar todos da rotina e sacudir a nação.

Sem nenhuma bateria, passista ou samba-enredo. Só no proverbial gogó!

Sim, um júri, como nos velhos tempos em que eles eram legais e aceitos pelo regime vigente. Bem verdade, esse seria o último, afinal de contas, de acordo com as autoridades, essa não era mais a forma apropriada de se aplicar os ditames da lei e da ordem. Seguindo as normas irreparáveis, indiscutíveis e incontestáveis da recém-outorgada Lei Nacional de Aplicação da Justiça Universal, na quinta-feira após o Carnaval, os antigos tribunais deveriam ser extintos perpetuamente e substituídos por cortes especiais, secretas, reunidas em locais desconhecidos e diretamente subordinadas aos mandatários máximos da nação, as **Cinco*Estrelas**. Para garantir a fidelidade desses novos tribunais, nessa nova realidade judiciária as **Cinco*Estrelas** seriam assessoradas pela tão famigerada quanto temida Associação Nacional dos Filhos, Netos, Genros, Noras e Assessores Especiais para Assuntos Extraordinários de Porra Nenhuma, a temida ANFNGNAEpAE_de_PN, uma das mais poderosas sociedades secretas a assolar as riquezas e os cidadãos daquela nação.

Com a promulgação da nova lei, os magistrados e funcionários do antigo Poder Judiciário seriam transferidos para outros órgãos administrativos do regime, todos localizados em grotões remotos da gigantesca floresta equatorial do perdido Norte. Lá, em suas "colônias de férias", como o regime designara essas novas repartições públicas ao ar livre, os ex-membros do judiciário poderiam agora praticar suas fantasias bucólicas de sobreviver com as próprias mãos, em contato permanente com a selva, socializando com as criaturas delicadas e solidárias que encantam o imaginário de toda nação. Quem, em sã consciência, propalava o regime, recusaria a oportunidade única de interagir, diariamente, com as descomunais nuvens de mosquitos transmissores de todas as possíveis doenças tropicais conhecidas, ou dividir o chão da floresta com enxames de formigas-tocandira, ou quem sabe estabelecer contato próximo com alguma sucuri, ou ainda se banhar em rios maravilhosos, habitados pelo curioso peixe carandiru, conhecido por sua afeição peculiar por alojar-se, permanentemente, nas cavidades corporais mais íntimas de banhistas distraídos que visitam seu território?

Para facilitar a opção por uma nova vida mais saudável, todos os bens materiais do agora extinto Terceiro Poder e de seus funcionários passariam ao controle patrimonial da ANFNGNAEpAE_de_PN e de seus consultores financeiros e administrativos, que já haviam se apoderado de três quartos dos negócios públicos, como resultado da última campanha de privatizações promovida pelo regime.

Presidida pelo Meritíssimo Fato Consumado, juiz de carreira, filho do ex-presidente da Suprema Corte, Fato Inédito, e descendente de uma tradicional família de juristas com ligações com as cortes nacionais desde o período colonial, a primeira sessão do último julgamento popular estava prestes a começar.

Por todos os cantos do país, pelas estações de rádio e televisão, pelos alto-falantes instalados às pressas nas ruas próximas ao Fórum, a resposta do regime a um intolerável ato de subversão começava a ser transmitida sem trégua ou respeito à gramática.

— Reunidos em solo sagrado do nosso amado país, elementos contrarrevolucionários orquestram um crime hediondo contra a modernização das instituições da nação. Reagindo de forma arbitrária contra a mais do que necessária reforma das instituições responsáveis pela distribuição de sentenças e punições[1]

1. Vale ressaltar que a palavra "justiça" havia sido eliminada do vocabulário oficial por ser considerada subversiva.

apropriadas aos delitos cometidos por criminosos e subversivos, esses inimigos da Pátria pretendem conturbar a ordem vigente, aproveitando-se da moderada distração da vigilância popular decorrente da celebração do Carnaval.

"As **Cinco*Estrelas**, autoridades máximas da nação, renovam a disposição do regime de se defender de mais esse ataque vil contra a sua integridade e manter a ordem a qualquer preço. Indubitavelmente, potências estrangeiras se aproveitam dessa manifestação de fanatismo e radicalismo jurídico para fomentar a subversão em nosso solo. Aproveitando-se da maior festa popular do mundo, desse feriado religioso tão sagrado para toda a nossa população, os elementos subversivos pretendem erigir um reduto de resistência ao poder central. Em nome das **Cinco*Estrelas**, o regime responderá a mais esse ataque frontal à sua autoridade com toda a força e a determinação necessária. Na quinta-feira, o folião se recolherá!"

Curiosamente, nem as frases ufanistas nem a ameaça velada, encrustada na última sentença do comunicado, causaram qualquer alvoroço na rotina do mundo externo, que, preparando-se para o início do grande desfile de abertura do Carnaval, começava a isolar o prédio do Tribunal do Júri do resto do país, sem nem sequer saber o que lá se passava. Nem mesmo "os elementos subversivos", trancafiados naquele pequeno universo paralelo em que se transformara o Tribunal, agora cercado por todos os lados pelas hordas de carnavalescos nativos e estrangeiros, deram muita relevância ao piti do regime. Muito mais relevante, no momento, para todos os poucos privilegiados que tinham sido escolhidos pelo destino para organizar o evento histórico, era preparar a logística necessária para manter o último Tribunal do Júri funcionando até o final do Carnaval.

Secretamente, sabia-se que tudo aquilo só fora possível pela ausência dos funcionários de telecomunicações do regime, responsáveis pela transmissão das ordens de prisão dos idealizadores do julgamento. Como todas as ordens de prisão do país eram transmitidas através de um moderníssimo sistema de computação, criado para o regime pela ANFNGNAEpAE_de_PN, por um preço apenas um milhão de vezes maior do que o sistema realmente valia, a ausência dos únicos dois operadores do país capazes de entender e operar o sistema havia inviabilizado o despacho de qualquer mandado de prisão. Talvez depois desse episódio o regime passasse a acreditar no chamado "apagão humano" que assolava aquele país tropical.

De qualquer forma, ninguém poderia colocar a culpa do imbróglio sobre os ombros daqueles dois operadores. Mesmo que os mandados de prisão tivessem sido emitidos e chegado, sãos e salvos, ao seu destino, não haveria ninguém disponível para efetuar as prisões dos líderes da rebelião. Afinal de contas, todos os membros da polícia política, da carceragem e da *carrocinha* (como eram conhecidos os camburões da polícia), sabedores da proximidade do início do grande feriado nacional, simplesmente seguiram a tradição milenar do país e, de posse de atestados médicos devidamente forjados, abandonaram seus postos, precisamente um dia antes da parada de abertura do Carnaval. Agora, alguns deles, travestidos de marinheiros, bailarinas, pierrôs ou colombinas (ou ambos), faziam parte da multidão de fantasiados, já levemente embriagados, que formava a descomunal barreira humana que circundava completamente o Fórum, protegendo-o pelos próximos quatro dias de qualquer ação intempestiva do regime.

No passado, as ****Cinco*Estrelas**** haviam encomendado estudos de inteligência às autoridades do Grande País do Norte sobre quais seriam as datas mais propícias para os subversivos atentarem contra a autoridade constituída. No passado, o Grande País do Norte havia prestado serviços inestimáveis à causa das **Cinco*Estrelas**. Em particular, todos ainda se lembravam do papel essencial desempenhado por aquela nação amiga quando essas mesmas **Cinco*Estrelas** resolveram tomar o poder, na manhã de um singular primeiro de abril. A escolha do Dia Internacional da Mentira certamente não deveria, a priori, ser considerada apropriada para um golpe de Estado. Todavia, tal detalhe passou despercebido aos líderes do movimento. Anos depois, porém, incomodados com a montanha de memes criados por seus súditos para descrever "o golpe de mentira", os principais ideólogos do movimento se reuniram solenemente e, depois de intensas deliberações acadêmicas, sancionadas por historiadores de alta estirpe e baixo preço, trataram de decretar para a posteridade que documentos recém-descobertos indicavam que o movimento, na realidade, iniciara-se no último minuto do dia 31 de março.

De repente, o espectro sinistro das datas cabalísticas voltava a assolar as **Cinco*Estrelas**. Tal como predito pelo relatório supra-hipersecreto produzido pelas autoridades da agência de inteligência do Grande País do Norte, a verdade estava agora exposta, nua e crua, para quem quisesse e pudesse absorvê-la. Naquele sorridente país tropical, sem sombra de dúvida, a sexta-feira de Carnaval era o dia ideal para se iniciar uma insurreição, um golpe de Estado, um genocídio, uma hecatombe, uma invasão, ou até mesmo, pasme você, caro leitor, um julgamento, reduzido agora a um ato de rebeldia contra o regime.

Assim, nos últimos treze anos, toda sexta-feira de Carnaval marcava o grande dia do terror das autoridades daquele país.

Desprotegidos de seus destacamentos de segurança, em pânico desde as primeiras horas do alvorecer, todos os mandatários da nação, incluindo as temidas **Cinco*Estrelas**, reuniam-se em bunkers subterrâneos, espalhados em locais ermos e secretos por todo o território nacional, enquanto as massas de carnavalescos inundavam as praças, os salões, as avenidas, enfim, todos os quase infinitos milímetros quadrados daquele maravilhoso mundo tropical. Ingovernável por definição ao longo do ano, todo o país desfrutava da completa e irrefutável ausência de qualquer tipo de autoridade institucional até quarta-feira à noite, quando as baixas eram computadas e os três últimos demógrafos na nação estimavam quanto a população deveria crescer nove meses depois.

Tudo estabelecido pela ordem natural das coisas.

Nesses terríveis dias de Carnaval, as poderosas **Cinco*Estrelas**, mandatárias e soberanas de todos os desígnios da nação, da vida e morte e de toda a população, eram obrigadas a cozinhar, lavar, passar, trocar fralda, cuidar dos netos, limpar cocô de cachorro no corredor do bunker e, segundo comentários de um repórter dissidente da rádio oficial, jamais encontrado posteriormente, até mesmo dormir e copular com as próprias mulheres.

Era durante esse momento tenso da vida nacional, enquanto os líderes supremos tratavam de controlar com as próprias mãos as infindáveis diarreias de seus netos, que aquele jurista de setenta e poucos anos começava a reunir jurados, promotores, advogados, assistência e, acima de tudo, a *Ré*, para seu último espetáculo jurídico. Fato Consumado, dali em diante citado nesses autos como Fato (afinal de contas, herói e vilão se tratam pela alcunha), recrutara para essa apoteose um promotor de renome internacional, com uma ampla folha de serviços prestados à nação. Em seu curriculum, o promotor Acuso Nascerta listava inúmeras condenações improváveis, além de teses e cátedras no exterior. Acima de tudo, Nascerta tinha se transformado no foco do ódio irrestrito das autoridades federais pela petulância imperdoável de levar a julgamento um dos genros mais queridos de uma das **Estrelas**.

Enfim, esse era o homem certo para o desafio carnavalesco de Fato.

Velho companheiro de faculdade de Fato, Acuso Nascerta não titubeou, naquela manhã, quando o juiz o convidou para atuar no julgamento como promotor chefe. Despediu-se da turma do chope, pagou o psiquiatra da filha mais velha, a escola de balé do enteado, a conta do estilista da segunda mulher, a ração de Alcapone, seu boxer, mandou a amante para Paris, estourou o cheque especial comprando o seu mais novo terno italiano e se mandou para o Tribunal com um Marlboro nos lábios.

Já a defesa, nos trinta segundos que teve para indicar o seu líder, optou pelo calejado bacharel das causas perdidas, doutor Sempre Passional, profissional muito conhecido do público daquele país tropical por sua atuação em casos difíceis, envolvendo celebridades, que inicialmente inspiravam pouca esperança, mas que, invariavelmente, terminavam na absolvição do acusado, sem que ninguém entendesse nem como nem por quê. Sempre Passional respondeu de pronto ao chamado. Era "o dever falando mais alto que a paúra". Anos depois, vivendo no desterro do continente Antártico, Sempre Passional questionaria, cercado de pinguins, seus únicos interlocutores, a veracidade dessa máxima popular.

Em minutos, afinal o tempo urgia, todos os papéis secundários do espetáculo foram preenchidos rapidamente por cidadãos ávidos (ou não) por participar do que prometia ser um evento marcante na História daquele país tropical. Assim, para comandar o serviço médico do Tribunal foi nomeando o distinto professor titular da não menos impoluta Faculdade de Medicina, o professor doutor Insano Saia, auxiliado por outro portento da medicina local, professor doutor Indecente Nato. A comunidade médica presente no processo de indicação, na antessala do Tribunal do Júri, aplaudiu de pé, com lágrimas nos olhos, os discursos dos empossados e logo a seguir tratou de desaparecer sem deixar vestígio.

Toda a logística interna do Tribunal foi colocada sob a coordenação do experiente senhor May Rinho, funcionário de carreira do Fórum, que havia mais de cinquenta anos atuava, primeiro com o pai de Fato, depois com o filho prodígio, sendo, portanto, elemento de toda a confiança do regente da rebelião. Entre as inúmeras inovações criadas pelo espírito empreendedor do senhor May Rinho, a maior, sem dúvida alguma, seria o funcionamento de múltiplas barraquinhas de camelôs, responsáveis pela revenda de toda sorte de gêneros alimentícios e bugigangas no Anexo I do prédio do Tribunal. Nesse mesmo Anexo seriam alojados o centro de apostas e a área para que aqueles que não tinham conseguido senha para o auditório principal pudessem acompanhar, através de telões usados na transmissão oficial da última Copa do Mundo pela rede Estatal Trim Plim, todo o drama do julgamento ao vivo e em cores, com a narração do locutor oficial, Sansão Não Tãobueno. Apesar de apoiar incondicionalmente o regime das **Cinco*Estrelas**, uma vez contratada por Fato, a rede Trim Plim havia disponibilizado imediatamente toda a estrutura tecnológica e o pessoal necessários para a transmissão em alta definição dos procedimentos. A razão para tal ação se baseava no receio de que alguma competidora, ou, pior ainda, uma rede clandestina formada por jovens internautas transformasse a transmissão num enorme sucesso comercial. Assim, além do equipamento de última geração, a emissora havia destacado uma equipe completa de jornalistas, além do já referido locutor, para o evento. Antes de deixar o quartel-general da emissora, essa equipe havia sido sorteada entre todos os funcionários da emissora e sumariamente demitida para eliminar qualquer traço de envolvimento da rede com o evento altamente subversivo.

O aroma de churrasquinho de gato já tomava conta da atmosfera do Anexo I quando, por volta das quatro da tarde, Fato conseguiu solucionar os dois últimos detalhes que emperravam o início da sessão. Sem que nenhuma autoridade se desse conta do seu movimento ardiloso, junto com cinco seguranças do Tribunal, Fato Consumado percorreu o perímetro da praça localizada em frente à rodoviária do centro da cidade. De repente, tendo identificado sua presa com seus costumeiros olhos de lince, Fato interceptou uma kombi-lotação pronta para iniciar mais uma viagem clandestina rumo aos subúrbios da metrópole. Sem muita cerimônia, o Excelentíssimo Senhor Meritíssimo, presidente do Tribunal do Júri, acompanhado de seus cinco meganhas criados a pão de ló, convidou gentilmente, com uma saraivada de argumentos, tão irrecusáveis quanto ininteligíveis, todos os passageiros já acomodados no interior da kombi a cumprirem seu dever cívico, servindo ao país como membros do corpo de jurados daquele julgamento histórico. Ainda de forma extremamente delicada, Fato informou aos ocupantes que a eles restava apenas uma alternativa ao seu convite: passarem todo o Carnaval no xilindró, a pão e água, e sob os cuidados intensos da equipe técnica (os tais meganhas) do Tribunal.

A oferta do Meritíssimo foi prontamente aceita sem maior debate e até com certo grau de entusiasmo por parte de todos.

Ao todo, sete passageiros da kombi foram escoltados como potenciais candidatos a jurados do julgamento que ia testar o limite de vasão das coronárias das **Cinco*Estrelas**.

Faltava agora conseguir uma plateia que servisse de testemunha ocular do maior ato de ousadia do último juiz do Poder Judiciário. Com o tempo se esvaindo, Fato mais uma vez não hesitou em dar mostras da sua disposição de fugir de todos os padrões e jurisprudências para atingir o seu objetivo maior. De soslaio, ele rapidamente notou que, bem próximo da kombi, um grande número de foliões se preparava para embarcar em um par de coletivos que os transportaria ao desfile de abertura do Carnaval. Valendo-se da ajuda da sua comitiva, Fato prontamente começou a distribuir a todos uma amostra generosa da "caipirinha" preparada pela equipe do senhor May Rinho, que continha uma mistura imbatível de cachaça e sossega-leão.

Vinte minutos depois da distribuição de cinquenta litros do potente coquetel jurídico, Fato e equipe retornaram ao Fórum, seguidos por uma kombi e dois ônibus lotados com mais de oitenta foliões seminocauteados, entoando marchinhas de Carnaval. Anos depois, a imprensa oficial exploraria muito as imagens da chegada dessa "comitiva de visigodos embriagados", como ficaram conhecidos todos os participantes. Nesse momento, todavia, a única coisa que importava para Fato Consumado era que a sessão do último Tribunal do Júri daquele país tropical já podia começar.

CAPÍTULO 2

A COMISSÃO DE FRENTE

— Todos de pé. O Tribunal do Júri, sob a presidência do Meritíssimo Juiz Fato Consumado, está em sessão.

Precisamente às dezoito horas daquela sexta-feira, a voz do senhor May Rinho espalhou-se pelas paredes de mármore italiano do velho auditório principal do Fórum, ecoando majestosamente por todo o recinto. Acompanhada por uma sinfonia de bocejos, arrotos e flatulências, gerados pela fisiologia de uma plateia ainda clinicamente fora de combate, graças aos efeitos neurofisiológicos do sossega-leão ministrado horas antes, no entanto, ela foi notada por poucos.

Mas aqueles que escutaram o anúncio na sua plenitude logo pressentiram a gravidade da situação.

— Dar-se-á, na sequência, a entrevista dos senhores e senhoras candidatos a jurados por intermédio do senhor promotor e da defesa da acusada.

Como de hábito, à semelhança do que fizera inúmeras vezes, Fato Consumado começava, lentamente, a tomar as rédeas da situação. Iniciando, de dentro do seu traje negro e com o martelo na mão, a rotina que lhe era tão familiar quanto querida, Fato exalava confiança. "*Show time*", anunciavam as redes corticais do Meritíssimo Juiz que estava prestes a chocar toda uma nação com o seu ato de rebeldia impensável.

— Que entre o primeiro candidato. Vejamos aqui na lista, uh, isso mesmo, senhor Estalimperto Daqui. Adiante!

A simples menção do nome do ancião que agora se movia, ciente de si, em direção à cadeira das testemunhas causou um microalvoroço no pequeno núcleo duro daquele público, ainda que se mantivesse o estado mental de semiconsciência cautelosa. Uivos, vaias, aplausos e até um improviso da Internacional Socialista preencheram o tempo decorrido até que o primeiro ocupante da kombi clandestina pudesse se acomodar e iniciar seu calvário jurídico.

Com todo o frisson, poucos notaram o repórter da imprensa estatal tomando notas freneticamente, na primeira fila do auditório. Ao lado de cada nome anunciado, o jornalista, ciente da reação avassaladora que viria ao término das festividades carnavalescas, já anotava sua estimativa dos anos que o velho Estalimperto provavelmente passaria no desterro ou encarcerado nas masmorras do regime.

Apesar da proibição explícita emitida por Fato, ambulantes uniformizados, cada qual exibindo orgulhoso o seu crachá, confeccionado pela gráfica clandestina mantida pelo May Rinho no porão do

Fórum, vendiam lanches, camisetas oficiais do julgamento e toda sorte de fármacos para aqueles que começavam, nas últimas filas do auditório, a despertar do coma induzido. Corria o rumor de que o departamento médico do Tribunal, nessas primeiras horas, já esgotara o estoque de ampolas de glicose disponíveis, na tentativa de remover um número mínimo de participantes do estado generalizado de obnubilação. Num esforço heroico para garantir que o julgamento fosse testemunhado por uma plateia plenamente consciente, os doutores Insano Saia e Indecente Nato começaram a medicar seus pacientes com outros agentes farmacológicos, fartamente disponíveis, a um custo de ocasião, nas ruas que circundavam o Fórum. Mais uma vez, a ação da equipe de logística do May Rinho foi essencial na manutenção desse suprimento, vital para o bom desenrolar dos trabalhos.

— Nome?

(O julgamento começava a ganhar ritmo; voltemos a ele, pois.)

— Estalimperto Daqui.

— Profissão?

— Açougueiro aposentado.

— Por favor, ponha a mão sobre a Bíblia. — Fato já assumia a sua dicção incisiva e recheada de jurisprudência. — O senhor jura dizer a verdade, sob pena de perjúrio?

Por um segundo, Estalimperto hesitou. O contato da epiderme com a capa do livro parecia requerer o cruzamento de todo um universo, todo um Cosmos de diferenças filosóficas irreconciliáveis. Sem alternativa, diante do foco do que parecia ser um feixe de laser brotando do par de olhos esverdeados de Fato, Estalim capitulou. Com a palma da mão agora grudada à capa de couro da Bíblia, ele finalmente assentiu em relatar apenas a verdade, toda a verdade, nada mais que a verdade, doa a quem doer.

— Esteja à vontade, promotor Nascerta. — Ciente da vitória psicológica sobre o depoente, Fato manteve o script em linha. — O candidato está à sua disposição.

O promotor Nascerta se aproximou da testemunha.

— Senhor Estalimperto, o senhor tem algum conflito de interesse ou preconcepção que lhe impeça de participar deste julgamento? Não se esqueça, o senhor está sob juramento.

— Estou mais do que ciente da minha condição, senhor promotor. A minha resposta a tal indagação capciosa só pode ser uma: não, não tenho nenhum conflito de interesse, nem com a Ré, nem com qualquer outro membro deste Tribunal. Verdade, alguns amigos próximos, alguns assistentes, até sofreram injustiças e perseguições como decorrência das ações imputadas à Ré, mas a mim nem ela nem seus seguidores jamais me atingiram. Na realidade, na minha linha de trabalho, poucos teriam como me atingir; os que tentaram, ousaram ou simplesmente imaginaram fazê-lo, bom, sem querer soar cabotino, esses não tiveram tempo nem para completar seus pensamentos. Evidentemente, me refiro aos bois, novilhos, carneiros, porcos, todos os animais que, na minha vida profissional, tive que abater. Parte do ofício, *capiche*?

— Sem dúvida, claro. Entendo totalmente seu ponto de vista. Sem outras perguntas, senhor Meritíssimo. A promotoria aceita o candidato sem restrições.

— Muitíssimo obrigado, senhor promotor. — Fato nunca perdia a menor oportunidade de exibir suas maneiras de lorde inglês. Virou-se, então, ao advogado de defesa: — Doutor Passional, o candidato está à sua disposição.

— Sem perguntas, senhor Meritíssimo. A defesa aceita o candidato.

Até aqui, nenhum problema. O açougueiro, sorriso na face, dirigiu-se ao tablado destinado ao júri, fazendo questão de ocupar a cadeira mais à esquerda, na fileira superior. Confortavelmente instalado em seu território, Estalimperto ajeitou os longos e fartos bigodes grisalhos, ainda decorados pelos resquícios do lanche oferecido como cortesia pelo motorista da kombi, e imediatamente encarnou sua nova posição de destaque na hierarquia do Tribunal, com a fleugma e a presença de alguém acostumado ao rarefeito ar do poder incontestável e ditatorial que só os verdadeiros açougueiros sabem ostentar.

— Pois bem, passemos ao próximo. Senhor May Rinho, por favor.

— Senhora Primeiradama Kalker.

Uma pequena porção desperta da plateia, vinte ou trinta gaiatos com suas fantasias amarrotadas e cobertas de amostras de fluidos biológicos de origens incertas, se assanhou de imediato com a visão da senhora de meia-idade, bem trajada, de bustos fartos e curvas características da arquitetura dominante daquele país tropical. Ela agora se movia pelo recinto, caminhando elegantemente em direção ao banco dos depoentes.

— Nome? — Mesmo acometido por uma súbita sensação de já ter se encontrado com a face que agora ocupava o espaço restrito à sua esquerda, Fato evitou o pensamento e deu continuidade ao interrogatório.

— Primeiradama Kalker.

— Profissão? — A pergunta soou mais solene do que o necessário, provavelmente pelo desconforto inconsciente que já começava a borbulhar na mente de Fato.

— Acompanhante executiva.

Poucos notaram a engasgada com a qual o escrevente acusou o golpe desferido pela resposta seca da depoente. Com um mero aceno seguro, Fato autorizou a inclusão dos dados nos autos. A essa altura, porém, era nítido que o desconforto já fora promovido a contornos de angústia com a revelação da mais do que improvável identidade da depoente. Que fazia ela na kombi?

— Senhora Kalker — Nascerta não se conteve; adiantando-se ao convite de Fato, disparou de bate-pronto —, por acaso seria a senhora a *afamada* Primeiradama Kalker, companheira nos últimos vinte anos das mais famosas autoridades do nosso país? Assídua frequentadora das colunas sociais e das principais salas do poder e presidenta de honra da Liga pela Família, Tradição e Virgindade?

— Sim, senhor, sou eu mesma. Mas todo esse curriculum é coisa do passado. Com a ascensão do novo regime já não se precisa de profissionais como eu. Eu sou a última representante de uma classe em vias de extinção. Filha da crise de valores dos altos escalões da República. Há muito não sou requisitada para desempenhar as funções para as quais fui treinada. Enfim, saí de moda.

— Mas certamente — nada parecia deter Nascerta — suas relações e amizades passadas sempre foram de grande valia. Diz a lenda que várias decisões vitais do regime foram tomadas como forma de contemplar os seus desejos, suas pequenas *excentricidades*, se podemos chamá-las assim.

Totalmente envolvido em seu interrogatório, já contemplando o perfil do golpe de misericórdia com que exporia a biografia amplamente comprometedora da depoente, Nascerta não notou as investidas de Fato, que agora procurava estabelecer contato visual, desesperadamente imbuído da tentativa de recuperar o enredo da acareação.

— Lendas, meras lendas, senhor promotor. Nada mais fiz do que cumprir com minhas funções, mantendo minha atuação restrita aos afazeres profissionais de uma primeira-dama profissional. Cumpri ordens, apenas. Beijei bebês, lavei inúmeros pés de leprosos na Semana Santa, inaugurei creches, participei de incontáveis recepções, jantares de Estado, atendi a todas as necessidades conjugais de alguns mandatários supremos. Nada fora do habitual para alguém treinado a aceitar o destino de ser uma figura pública transparente a serviço do seu país.

Com o coração disparado, Fato não suportou mais a linha de inquisição da promotoria.

— Doutor Nascerta, por favor, mantenha-se dentro das regras previamente estabelecidas.

— Certamente, Meritíssimo. Peço desculpas à Corte. A emoção roubou-me o tino.

— As emoções serão muitas, inúmeras na realidade, senhor promotor. Melhor guardar espaço para o que está por vir. Espero contar com a sua colaboração.

A cravada de Fato foi recebida com vaias discretas de membros da plateia, que davam pequenas mas sinceras mostras de estarem, finalmente, percebendo que aquele auditório não era, em definitivo, parte do camarote oficial do desfile de abertura do Carnaval.

— Continuemos — Fato prosseguiu. — Alguma outra pergunta, senhor promotor?

— Sim, a mesma feita ao candidato anterior. Senhora Kalker, a senhora se sente, seja a razão qual for, impedida de participar deste julgamento? Atente, cuidadosamente, a todo o seu passado antes de responder.

— Não encontro nenhum motivo concreto ou conflito que me impeça de participar deste procedimento. Conheço a Ré desde o seu nascimento. Participei de muitos momentos vitais da sua vida, ao longo da sua infância e juventude. Conheço os fatos, e aqui me refiro aos acontecimentos, não à distinta família de juristas — Fato enrubesceu com a menção. — De certa forma, poderia até ser considerada vítima de alguns desses ocorridos, mas creio que terei o discernimento necessário para medir os depoimentos de cada uma das testemunhas, pois, como poucos, eu conheço uma versão que a História nunca terá coragem de relatar.

A cefaleia frontal que, desde a primeira pergunta do promotor, preconizava apenas uma preocupação periférica começara a requerer maior atenção do lado hipocondríaco do nosso Meritíssimo. Fato conhecia de cor e salteado a aritmética essencial desse que seria seu último julgamento: sete vagas de jurados disponíveis para exatos sete passageiros da kombi. Diferentemente das centenas de julgamentos passados, em que milhares de infelizes se digladiavam por cada uma das vagas no seleto corpo de jurados, não havia nenhuma margem de manobra nesse que seria o seu canto do cisne. Tudo estava no limite.

Surpreendentemente, os candidatos pareciam estar se esforçando ao máximo para colaborar. Tudo levava a crer que o dono da kombi selecionara bem a sua clientela. Essa boa vontade, todavia, parecia não encontrar respaldo imediato na promotoria. Nascerta parecia convencido de que esse julgamento não deveria fugir ao sacrossanto procedimento rotineiro, utilizado em outros Tribunais do Júri. De qualquer forma, após estabelecer contato visual com o juiz, Nascerta ofereceu uma trégua temporária ao seu ex-companheiro de universidade.

— Sem objeções, senhor Meritíssimo. A promotoria aprova a candidata.

Sob uma salva de aplausos de um grupo de feministas que acordava do coma induzido, Nascerta retornou ao seu assento, agora levemente ruborizado.

— Allah-la-ô, ô-ô-ô, ô-ô-ô. Mas que calor, ô-ô-ô, ô-ô-ô... — Do meio da plateia, a marchinha carnavalesca alçou voo e ecoou por todo o auditório. Acordando repentinamente do último episódio de sono REM, mas ainda levemente desconectado da realidade, o chefe da torcida uniformizada de um dos times mais populares da cidade disparou as salvas de abertura do desfile de Carnaval.

Usando pela primeira vez do tacape judicial que já fazia parte da representação cerebral da sua mão esquerda de magistrado, Fato reestabeleceu, com um único golpe, tanto a ordem e a disciplina da Corte quanto o nível de enxaqueca da sua plateia semiconsciente.

— Silêncio! Ordem no Tribunal. Senhor May Rinho, esclareça a esse senhor que ele se encontra numa sessão do Tribunal do Júri, e não num baile de Carnaval. A próxima manifestação contra o decoro deste Tribunal será punida exemplarmente.

— Senhor Passional — ante a submissão imediata e irrestrita de todos os presentes, Fato retomou o rumo dos trabalhos, chamando a defesa —, a depoente está à sua disposição.

— Sem perguntas, senhor Meritíssimo.

Mesmo estranhando a segunda refugada da defesa, Fato fez-se de desentendido.

— Pois bem, como desejar. Candidata aprovada. Senhor escrevente, anuncie o próximo candidato.

— Senhor A. Mando de Carlos Marques. — Sem perder a deixa, o escrevente fez a fila andar, assumindo que, no devido tempo, Fato recompensaria os serviços prestados por tão leal servidor com a adição de alguns quinquênios e sextas partes aos seus diminutos proventos mensais de funcionário público.

Sob olhares curiosos e algumas manifestações de espanto, o historiador, escritor de novelas policiais e apreciador de óperas wagnerianas A. Mando de Carlos Marques postou-se diante dos protagonistas do mais subversivo espetáculo daquela sexta-feira pré-carnavalesca.

— Senhor Carlos Marques, qual sua ocupação atual? — Mesmo sentado, Nascerta já assumia a condução do interrogatório.

— Intelectual aposentado. Na realidade, poderia mesmo dizer que a minha ocupação atual mais se coaduna com a definição de "intelectual exaurido". Perante a crise do capital que assola a nação e o planeta como um todo, falta-me a energia para combater ou negar a sensação de que tudo foi em vão. Nenhum dos meus ensinamentos, análises ou pensamentos parece ter influenciado os atuais líderes mundiais. Assim, atualmente, vivo dos direitos autorais de minhas obras literárias e dos rendimentos dos meus desapontamentos com a raça humana.

— O senhor possui vínculos partidários?

— Não, de forma alguma. Já superei essa fase irresponsável e imatura da minha carreira. Venci, intimamente, a necessidade de participar de algum grupamento político, uma vez que, nessa massa disforme e indiferenciável em que se converteram os partidos atualmente, nenhuma das minhas crenças encontraria ressonância. Como o senhor há de imaginar, foi-me terrível o preço da fama. Que o diga o senhor Estalimperto Daqui, presente também.

— Mas como assim, o senhor conhece o jurado Estalimperto Daqui? — Pela primeira vez, Sempre Passional manifestou-se de forma agitada, sem esperar pela sua vez. Esquecendo o protocolar "sem perguntas", Passional atropelou o ritual do interrogatório e, antes que a próxima pergunta de Nascerta pudesse ser vocalizada, demonstrou toda a sua indignação com a aparente intimidade social entre o agora jurado Estalimperto Daqui e o mero candidato Carlos Marques. Como pagamento pela quebra de protocolo, Passional teve que resistir ao peso do olhar estarrecido de Nascerta e sobreviver ao juízo de valor contido na levantada de sobrancelha do nosso Meritíssimo. Ignorando dois dos mais temidos sinais de insatisfação jurídica das cortes daquele país tropical, Passional resistiu e persistiu na sua indiscrição.

— Responda à pergunta, senhor Carlos Marques. Trata-se de um quesito de suma importância, dada a natureza extraordinária com a qual esse processo foi trazido a julgamento.

Mesmo irritado com a conduta pouco profissional do colega, Fato instruiu o depoente a responder à pergunta.

— Sem dúvida, trata-se de um velho conhecido meu.

— Explique-se melhor — exigiu Passional. — Qual a natureza desse relacionamento?

Fato, a essa altura, já começara a praticar o velho hábito de buscar na gaveta central da mesa o suprimento de medicamentos de sua farmácia particular, necessários para conter o iminente ataque de pânico. Evidentemente, ninguém, a não ser o senhor May Rinho, tinha qualquer noção da existência de tal suprimento secreto.

— Bem, durante alguns anos eu fui um cliente assíduo do estabelecimento comercial do senhor Estalimperto Daqui. Vez ou outra, durante essas visitas esporádicas, conversamos sobre algumas de minhas obras literárias. Segundo o senhor Estalimperto, alguns dos conceitos defendidos por mim lhe impressionaram favoravelmente. Inclusive, quando ele abriu o negócio, a sua intenção era aplicar algumas dessas sugestões na gestão da sua empresa. Por essa razão, tive o prazer de lhe oferecer alguns de meus livros. Meses depois, descobri que o senhor Perto Daqui era um líder sindical de certa influência na sua categoria e que, durante reuniões do sindicato dos açougueiros, ele mencionara algumas das minhas ideias abertamente, com grande entusiasmo. Aparentemente, tal demonstração de conhecimento acadêmico e apreço pelo meu trabalho convenceu seus colegas a elegê-lo presidente do sindicato nacional da categoria. Todavia, no nosso último encontro, motivado pela minha decisão de virar vegetariano, eu notei que o senhor Estalimperto Daqui tinha criado toda uma interpretação, digamos, mais próxima do seu ofício sobre a minha obra. Depois desse encontro, nunca mais nos vimos, uma vez que passei a me servir do verdureiro em vez do açougueiro para as minhas necessidades dietéticas diárias. Hambúrgueres de soja nos separaram em definitivo.

— Revisionista, agente da reação verde! Você deveria se envergonhar da sua traição à causa! — Estalimperto Daqui teve que ser contido pela guarda do Fórum, tamanho o ímpeto da reação.

— Contenha-se, senhor Daqui! Mais uma manifestação como essa e o senhor será prontamente removido do recinto! — Fato blefava, mas o fazia a todo vapor, num tom ameaçador o suficiente para aplacar a fúria que tomara conta do açougueiro Estalimperto. A reação do magistrado foi tão enfática que até os vendedores ambulantes do Anexo I interromperam os negócios para verificar se Estalimperto tiraria o seu machadinho do colete e partiria para cima de Fato para esquartejá-lo como um vitelo recém-chegado ao açougue. Para desapontamento geral, Estalimperto sorriu envergonhado, alisou o bigode e manteve-se em sua cadeira. Cabeça baixa, olhar contrito.

— Perdoe-me, senhor juiz. Não pude conter minhas emoções.

— Pois bem. Continuemos. — Com uma expressão quase paternal, Fato aceitou o recuo do açougueiro, procurando com o olhar na plateia o repórter estatal, desejando entrar na História da maneira mais adequada a seu papel.

— Senhor Meritíssimo — Nascerta vinha ao resgate do amigo —, tudo me leva a crer que a mencionada relação de *contato* entre esses dois senhores não passou de uma série de encontros sociais, regulados pelas normas de mercado, rotineiramente declarados nos termos de um contrato temporário de compra e venda. Certamente a promotoria entende que não há nada nessa relação que justifique a impugnação, de um ou de outro, do corpo de jurados. Isso é, a menos que o açougueiro Estalimperto Daqui procure resolver suas diferenças ideológicas o seu ex-freguês ao longo deste julgamento.

— Dadas as circunstâncias altamente extraordinárias deste julgamento, a presidência do Tribunal avaliza a permanência de ambos os jurados.

Sem alternativa ou substituto, Fato tomara a única decisão possível. Isso não impediu que a plateia, agora bem mais desperta e ciente do seu destino de ex-carnavalescos, rapidamente se dividisse entre aqueles que apoiavam ou execravam cada um dos dois jurados. Blocos de foliões que até então se identificavam apenas pelos temas de suas fantasias ou pelas origens comuns em algum dos diferentes bairros da periferia eram agora divididos e autossegregados de acordo com as barreiras ideológicas que separavam o açougueiro Estalimperto Daqui do seu pretenso mentor intelectual, A. Mando de Carlos Marques. Assim, de repente, pierrôs e colombinas, mestres-salas e porta-bandeiras, pedritas e bam-bams deram início a um processo de separação - física, inclusive - emocionalmente traumatizante, que dividiu a plateia, ao longo de linhas puramente sectárias, pelo resto do julgamento. Evidentemente: como ninguém é de ferro naquele maravilhoso país tropical, pequenos atos de violação dessa divisão puramente ideológica foram detectados ao longo dos trabalhos. Principalmente nas madrugadas que se seguiram. Mas isso é tema para outro relato. Voltemos, pois, à ação principal.

— Diante das garantias da presidência do Tribunal, a promotoria aceita o candidato A. Mando de Carlos Marques.

— A defesa acompanha a promotoria.

Segundo as instruções explícitas de Fato, Carlos Marques sentou-se na extremidade oposta da fila superior de cadeiras, bem longe de Estalimperto Daqui. Entre eles, Primeiradama Kalker assistia a tudo impávida, ajeitando o decote do vestido e retocando a maquiagem. Devido a uma série de cirurgias plásticas faciais, demandadas pelo seu ofício, Kalker mantinha um sorriso constante e acentuado na metade esquerda da face. Tal constância sardônica contrastava, peculiarmente, com o seu verdadeiro estado de humor, refletido no semblante bem mais comedido da metade direita do rosto.

— Anuncie o próximo candidato, senhor escrevente. — Fato voltava à rotina.

— Deustodo Poderoso.

— Senhor escrevente, como o senhor ousa blasfemar na minha Corte?

— Meritíssimo, perdoe-me, mas o nome do próximo candidato é esse mesmo: sobrenome, Poderoso, nome, Deustodo!

— Que assim seja. Senhor May Rinho, conduza o candidato ao banco dos depoentes.

Nesse instante, um senhor muito alto e bem-vestido, simpático mas levemente abstraído da realidade, se dirigiu lentamente à área reservada às testemunhas. Curiosamente, ele era o único homem negro no estrado central do Tribunal do Júri naquele instante.

Impressionados pela postura quase angelical do candidato, inicialmente tanto a promotoria quanto a defesa se restringiram a perguntas de rotina. Nome, profissão, local de residência, estado civil, coisas triviais. Causou espécie, porém, quando, logo a seguir, a pedido de Sempre Passional, Deustodo Poderoso tivesse que apresentar atestado de idoneidade moral, certidão negativa do Serasa e folha corrida criminal.

Incentivado pelo colega, Acuso Nascerta passou a disparar uma série de perguntas picantes, cujo conteúdo será omitido deste relato como prova de respeito à privacidade do candidato. Décadas depois desse interrogatório sui generis, historiadores que tiveram a oportunidade de inspecionar os autos do julgamento demonstrariam espanto com o tratamento "à la inquisição espanhola" a que foi submetido o empresário. Para não matar o ávido leitor de curiosidade, segue-se o trecho final do interrogatório.

— Por fim, senhor Deustodo Poderoso, ainda não está claro para a promotoria qual é a verdadeira área de atuação de suas empresas... — De repente, Sempre Passional parecia ter pegado gosto pela coisa de interrogar candidato a jurado.

— Precisaríamos de horas, ou mesmo dias, para responder satisfatoriamente a essa sua pergunta. Veja bem, doutor Passional, o tempo corre contra todos nós. Não se esqueça: "Na quinta-feira, o folião se recolherá". Não é mesmo, Meritíssimo Consumado?

A simples repetição da ameaça cifrada do regime obrigou o presidente do Tribunal a ingerir um punhado de benzodiazepínicos, seguido pelo já tradicional antiácido. Como podia um simples empresário suburbano conhecer tantos detalhes e peculiaridades desse julgamento? Teria ele parte com o demônio? Fato, todavia, não podia deixar a pergunta solta no ar, sob o risco de perder o controle do processo e incutir a semente da dúvida e do medo irracional na plateia, que começava a atingir o estado pleno de consciência, depois de horas no proverbial limbo.

— A premência de tempo e as circunstâncias extraordinárias desse processo não nos impedirão de conduzir o interrogatório a bom termo e de acordo com as normas. Assim, doutor Deustodo Poderoso, eu recomendo que o senhor responda à pergunta da defesa da forma mais sucinta possível.

— Como queira, Meritíssimo. Sendo assim, podemos afirmar que as minhas empresas atuam na área do entretenimento.

Para desencanto da plateia, que esperava uma réplica mais aguda, tanto Passional como Acuso Nascerta se satisfizeram com a explicação e aprovaram o candidato. Em seguida, Fato indicou o lugar para Deustodo se acomodar, logo abaixo da cadeira ocupada por A. Mando de Carlos Marques.

Agora, tudo parecia correr dentro das diretrizes. Quatro candidatos, quatro jurados, nenhuma recusa, alguma emoção, poucas reservas, aplausos, algumas vaias esporádicas. Afora uma grávida que entrara em trabalho de parto na última fileira da plateia, e que fora prontamente atendida pelo doutor Indecente Nato, tudo parecia decorrer como nos gloriosos velhos tempos do Tribunal do Júri. Fato improvisara ao extremo, é verdade, mas a kombi até agora tinha provado ser um maravilhoso celeiro de jurados. Nesse momento de divagação, Fato pensou no dono do veículo, responsável pelo transporte diário de um grupo tão peculiar de cidadãos. Como teria ele reunido tal clientela? Que fariam todos esses personagens, que tanto tinham a ver com a vida cotidiana daquele país tropical, numa kombi caindo aos pedaços, que todas as tardes se dirigia para uma vizinhança remota da cidade? Quem, na verdade, seria esse motorista?

Infelizmente, nem Fato nem o humilde narrador desses eventos tão extraordinários tinham permissão, àquela altura do julgamento, para revelar a identidade daquele que fornecera o último corpo de jurados numa sexta-feira de Carnaval. No devido tempo, a sua identidade viria à tona, e a repercussão, certamente, teria um efeito devastador.

Mas como naquele momento, acima de tudo, era preciso seguir em frente e concluir o processo de seleção de jurados, faz-se necessário abandonar o fluxo de hipóteses, criado pela análise em tempo real das introspecções que cruzavam os vales e as colinas corticais da mente do Meritíssimo Consumado, e retornar ao interrogatório dos últimos três clientes da kombi.

O próximo nome da lista era o do nacionalmente conhecido artista plástico G. Túlio Largas Brasil. Depois de anunciado, o candidato tomou seu assento e olhou para toda a plateia com um ar de quem conhece o seu gado. Tomando especial cuidado para não amassar as abas da sua casaca, ele foi submetido à mesma fuzilaria de perguntas burocráticas e, na maior parte, vazias. Contando com a cumplicidade das silenciosas paredes de mármore – que a cada frase sua pareciam criar uma infindável onda de ecos que se espalhava por toda a sala do Tribunal, até morrer, sem protesto, nas profundezas do ouvido interno de cada testemunha dos autos –,

Acuso Nascerta estabeleceu o ritmo em staccato do interrogatório da promotoria.

— Nome?

— G. Túlio Largas Brasil.

Lutando contra as dificuldades notórias para reproduzir apropriadamente o nome de cada um dos ocupantes da kombi, o escrevente já dava mostras evidentes de estresse adrenal latente. Quando parecia que o mais difícil momento havia sido superado, com o interrogatório de Deustodo Poderoso, eis que surgia um candidato chamado – ajudem-nos os céus – G. Túlio Largas Brasil.

— Profissão?

— Artista plástico e carnavalesco.

— Especialidade?

— Fantasias e alegorias.

— Meritíssimo, em prol de assegurar os direitos da Ré, a defesa não pode deixar de se manifestar neste momento. — Passional não se conteve mais uma vez e interrompeu rudemente o colega Nascerta.

— Pois bem, se a promotoria não tiver nenhuma objeção, por favor, dirija sua pergunta ao candidato.

— A promotoria não entende a razão de mais uma crise de urgência da qual foi acometida a defesa, mas, em prol do convívio amistoso, não se opõe à interrupção.

— Muito obrigado, senhor promotor. — Passional estampava a face de quem estava diante de uma assombração. Por sua vez, sentado tranquilamente no banco dos depoentes, com as perninhas curtas que não alcançavam o chão balançando sem cessar, G. Túlio Largas Brasil parecia se deleitar com o desespero do bacharel Passional.

— Senhor Largas Brasil, o senhor tem algum interesse pessoal ligado ao veredito final deste Tribunal? Mais especificamente, o senhor já decidiu, caso seja aceito como jurado, qual será o seu voto, antes mesmo de conhecer as evidências contidas nos autos?

— Para ser totalmente honesto, a resposta é *sim*! Totalmente, sim.

Por um microssegundo, percebido pelo nosso Meritíssimo como se fosse toda a sua vida jurídica, a farsa de Fato parecia ter chegado à beira do abismo, rumo à aniquilação. Conhecedor da situação precária em que G. Túlio Largas Brasil o colocara, Fato sentiu a primeira pontada da crise de angina bem ao término da pronúncia do segundo "sim" do candidato. Sete candidatos, um recusado, apenas seis jurados, não haveria como prosseguir dentro das normas! Na quarta, o Carnaval termina. Na quinta-feira, e Fato agora pensava mais rapidamente do que seus neurônios eram capazes de disparar, tudo estaria perdido. *Com o salário de juiz que me pagam, não dá para ir fazer angioplastia em Cleveland. Por que ele está fazendo isso?*

— O senhor pode se explicar melhor, senhor Largas Brasil? — Fato agora mais suplicava do que inquiria o candidato. Sua voz embargada quase não era ouvida, dado o alvoroço que começava a brotar da plateia. Até a parturiente, já amamentando o rebento recém-parido, participava da algazarra.

— Eu disse que sim, porque, assim como o meu bom amigo Deustodo Poderoso, sentado ali em frente — mais rebuliço na plateia —, o meu nome, no passado, esteve ligado a eventos e fatos os quais eu jamais imaginei, presenciei fisicamente, ou sequer induzi, por palavras ou atos. Assim, esta oportunidade me é muito cara. É chegada a hora de ver toda a verdade vir à tona e exonerar a culpa imputada a mim, revelando os verdadeiros responsáveis pelos atos da Ré.

Sem que ninguém notasse, Fato pediu um Isordil ao senhor May Rinho.

— Nesse processo — continuou o carnavalesco —, é preciso que a verdadeira História por trás da ascensão vertiginosa da Ré seja revelada a toda a nação. Por essa razão apenas eu tenho, sim, interesse no resultado final deste julgamento. Mas quem neste país não tem? Quem, entre nós, aqui dentro ou lá fora, no meio da balbúrdia carnavalesca, se dada a oportunidade, não agarraria essa chance com ambas as mãos e tiraria o maior proveito possível dela? Quem entre nós duvida que esta é a nossa última chance de obter algum resquício de justiça?

Taquicárdico, taquipneico e pré-apoplético, Fato não acreditava naquilo que ouvia. Essa não era hora para um discurso inflamatório e revanchista. Tudo pelo qual Fato trabalhara nos últimos meses, preparando cada passo da insubordinação, estava agora por um fio.

— Muito bem. A defesa se contenta com a resposta do candidato. Nenhuma objeção. — Passional parecia ter decidido não gastar seus argumentos na fase preliminar do julgamento. Melhor seria guardar todos os cartuchos para o momento decisivo.

— A promotoria apoia a moção da defesa. Nenhuma outra pergunta.

Como bom jurista, Nascerta sentia ter nas mãos a maior barbada da sua carreira. Por que criar qualquer problema? Melhor só seguir o fluxo da correnteza.

G. Túlio Largas Brasil assentiu de imediato, impassivo e sem nenhuma gota de remorso, quando Fato o instruiu a assumir seu lugar no poleiro dos jurados, na fileira abaixo de Deustodo Poderoso, à direita de Estalimperto Daqui. Só para o registro, nenhum dos jurados trocou cumprimentos ou palavra. O clima era tenso entre os ex-passageiros da kombi.

— Próximo. — A voz do senhor May Rinho, para surpresa geral, desencadeou um espetáculo doidivanas.

Eagora José da Silva entrou resoluto no recinto.

Deu o nome, RG, CPF, número do PIS/Pasep, carteira de vacina. Tirou a camiseta do seu time do coração, tirou a calça Lee, depositou os parcos valores em cima da mesa, tirou as meias, pediu que entregassem um bilhete mal escrito para a nega, levantou os braços, revelando as duas tatuagens nas axilas, e se preparou espiritualmente para virar presunto. Depois de alguns instantes, lembrou que o apropriado seria ficar de cócoras e de olhos fechados. Sem reclamação, assumiu a postura e esperou pelo inevitável tiro na nuca.

Só com muito custo, dez minutos depois, após a paciente explicação de Fato, Eagora se deu conta de onde estava e por que requisitavam sua presença no salão principal do Tribunal do Júri.

— Eu bem que estranhei. Nunca soube que tanta gente viria assistir a desova de pobre.

Por razões óbvias, Eagora José foi poupado de qualquer interrogatório. Com a anuência de promotoria e defesa, ele foi aceito como o sexto jurado. Depois de se vestir e consumir um generoso copo de água com açúcar, servido pelo senhor May Rinho, Eagora José, já refeito do susto, foi conduzido ao seu lugar oficial, bem ao lado de G. Túlio, que o abraçou como só um pai faria, e o aconselhou a ficar bem longe de Estalimperto Daqui e de A. Mando de Carlos Marques.

Para alívio de Fato, restava apenas um passageiro da kombi a ser interrogado. Uma vaga, um candidato, um verdadeiro sonho de vestibulando.

— Nome?

— Funesto Jurocrata.

— Profissão?

— Executivo do mercado financeiro.

O que fazia um sanguessuga do mercado financeiro numa kombi a caminho da zona norte? A pergunta, mais do que lógica, ocorreu de imediato tanto a Fato como a toda a plateia, que agora participava ativamente do processo, no melhor estilo das torcidas organizadas que frequentavam os estádios de futebol daquele país tropical.

— O senhor tem negócios nos subúrbios da cidade? — Acuso Nascerta foi o porta-voz da crise aguda de curiosidade de todo o Tribunal.

— Alguns.

Dada a laconicidade da resposta, todos se voltaram para o promotor, à espera da réplica.

— O senhor poderia ser mais explícito? — A tensão novamente era palpável.

— Basicamente, eu concedo e administro empréstimos para empreendedores da periferia da cidade. Dada a dificuldade desses microempresários em terem acesso a empréstimos bancários, eu sou responsável por grande parte do crédito que mantém a economia paralela da cidade alimentada por um fluxo contínuo de capital de giro, oferecido a taxas de juros extremamente acessíveis. Um pouco acima dos juros oficiais, é verdade, mas coerente com o risco extremamente alto de emprestar a esse segmento da sociedade, se o senhor me entende.

— Entendi perfeitamente. — Acuso sorria com malícia. — O senhor pratica a arte da agiotagem indiscriminada, correto?

— Esse é um termo ultrapassado, senhor promotor. Eu prefiro me definir com um agente promotor do microcrédito de alto risco.

Os dois números cabalísticos daquela sexta-feira de Carnaval pareciam não mais abandonar a mente de Fato. Sete (jurados) e quinta (feira) definiam as suas duas obsessões inseparáveis. Durante meses, elas assombraram cada um dos pensamentos do Meritíssimo Juiz. Agora elas se posicionavam como espadas prontas para lhe dilacerar o coração

— Como preferir. — Acuso novamente optara por não abusar do presente que lhe caíra no colo. Como Sempre Passional parecia dar como perdida a batalha da seleção do júri, o ar de mistério que envolvia cada um dos jurados selecionados pelo Tribunal permaneceria intacto até ali. Fato sabia que futuramente o regime tiraria plena vantagem do passado duvidoso de cada um dos passageiros da kombi, a fim de destacar a relevância da hecatombe que estava por se iniciar na Corte. Mas esses eram meros detalhes. O objetivo maior não seria afetado pelas pequenas excentricidades daqueles sete passageiros da kombi suburbana, expostas pelo promotor e pela defesa. Fato não estava à caça de especuladores, traficantes, criminosos do colarinho-branco, políticos pornograficamente corruptos, ou qualquer outro tipo de meliante típico, como havia milhões nas ruas do país tropical. Não, a presa era de outro calibre. E, por essa razão, Fato queria extrair muito mais dessa sua despedida do topo do tablado da lei. Todo aquele teatro jurídico, que tanto lhe agradara no passado, hoje era mera decoração, mera cortina de fumaça para que ele pudesse concretizar a maior tocaia jurídica jamais imaginada ao regime das ****Cinco*Estrelas****.

Sentando-se na última cadeira disponível, ladeado por seus colegas de júri, Funesto Jurocrata nem notou quando Fato Consumado se aprumou no seu trono e encarou a plateia, que esperava atenta pelo próximo passo do drama.

O grande espetáculo estava prestes[2] a começar.

Pelos cálculos dos vendedores ambulantes, sexta-feira 21h30 bateu todos os recordes de vendas de pipoca, santinhos, algodão-doce, churrasquinho de gato e chá de camomila da longa História judiciária daquele país tropical. Décadas depois, apesar do seu caráter altamente subversivo, o julgamento carnavalesco seria laudado pelo grande estímulo dado à economia informal da nação, ao consumismo desenfreado e ao aumento do comércio de commodities.

No ar...

(Rezam as boas normas da narrativa literária que sempre é interessante descrever o estado do ambiente local, a atmosfera que circunda e antecede um grande evento, capaz de mudar o rumo do enredo. Então, sigamos a norma. Novamente, do início.)

No ar, nada era digno de nota.

Nos rostos ruborizados de boa parte da plateia, a marca da antecipação, da ansiedade com que todos espreitavam o anúncio mais surpreendente da noite, era mais do que evidente. Eu diria que era vulgarmente explícita.

Era chegada a hora de testemunhar o instante em que a acusada seria formalmente citada. Depois de quase treze anos de crimes

---

2. Perdoe-nos o leitor pelo emprego do vernáculo que havia sido banido da língua-mãe pela nova Lei da Sintaxe Estatal, mas realmente não havia outra forma de descrever quão próximo estava o verdadeiro julgamento. Prestes – perdoe-nos mais uma vez – era o único verbete aplicável naquele momento.

e meros três dias de prisão, todos teriam a oportunidade de ver o seu rosto, pela primeira (e última) vez.

A voz de barítono italiano de May Rinho, apesar da sua própria descrença e da de todos que o ouviram, dessa vez penetrou fundo nas imponentes paredes de mármore italiano e, antes que o som e a mensagem pudessem ser refletidos, como que desafiando as leis da física, tomou um novo rumo, abandonando o perímetro do Fórum para ir atingir, em cheio, a massa de foliões que até então se esbaldava no meio da esbórnia generalizada daquele agora já inesquecível Carnaval.

— O ESTADO CONTRA RÉ VOLUÇÃO.

CAPÍTULO 3

O SAMBA-ENREDO

No placar de apostas on-line do Anexo I, quem pagou para ver não só viu como rapidamente consultou o seu crédito na praça e os termos do seu mais recente testamento para avaliar o risco da sua exposição aos eventos estupefacientes que estavam por acontecer naquela que era apenas a primeira noite do Carnaval.

A acusada adentrou tanto o auditório quanto a História. Como não poderia deixar de ser, a comoção da plateia foi digna de nota. Mesmo os protagonistas do julgamento, juiz, promotor, advogado de defesa, jurados, escrevente, o senhor May Rinho e os vendedores ambulantes, sentiram o peso descomunal do momento.

Em termos mais técnicos, faltou ar na sala do Tribunal do Júri.

Mesmo assim, não houve nenhum tumulto. Anos depois, muitos se utilizariam desse fato como atenuante na fase de sentença dos seus próprios julgamentos.

Caminhando de olhos baixos, mas de semblante confiante, Ré foi escoltada até o banco dos réus. Traços demarcavam uma face comum, não diferente daquela de qualquer outra mulher, típica descendente da aristocracia caucasiana que dominava os altos escalões do poder daquele país tropical.

Tentando esconder a sua apreensão, Sempre Passional e seu assistente receberam a cliente com muita pompa e circunstância. Pela primeira vez, podia se notar, refletida nos rostos do corpo de jurados, a preocupação com a própria pele.

Todos em silêncio, levemente inclinados para a frente buscando ter uma visão mais privilegiada da acusada, pareciam contestar profundamente a sabedoria da sua decisão de concordar com o pedido do motorista da kombi e aceitar a proposta de Fato. Talvez a hipótese do encontro íntimo com os meganhas no porão do Tribunal não tivesse sido tão má escolha, afinal.

Agora, porém, era tarde para qualquer reconsideração.

Pela primeira vez desde o início dos trabalhos, Acuso Nascerta sentiu que a sua tarefa não seria o passeio no parque que ele antecipara a priori. De pé, inspecionando cuidadosamente a expressão facial de cada membro da plateia, ele sentiu na própria medula o efeito produzido por treze anos de infusão contínua de pavor incondicional, distribuído em doses homeopáticas diárias pelo telejornal do regime, programa obrigatório para todos os habitantes da nação. As **Cinco*Estrelas**, era preciso reconhecer, haviam tido sucesso absoluto na sua estratégia de eliminar, pela intimidação escrita, falada e televisionada – sem contar a velha conhecida chuva de bordoadas –, qualquer resistência que pudesse ameaçar a sua hegemonia.

Como consequência do silêncio que tomou conta do salão principal do Fórum, podiam-se agora ouvir os sons da algazarra gerada pelo mar de foliões que circundava o prédio do Tribunal. Baterias, refrões de sambas e marchas – até mesmo gritos ritmados de consumação de paixões de ocasião, produzidos por casais mais animados que procuravam o apoio aconchegante das paredes do edifício para um rápido encontro – definiam a trilha musical que acompanhou a acusada durante a sua breve caminhada.

Como craque de time grande que anseia, ao invés de temer, a chegada do dia dos jogos decisivos, Fato Consumado se sentia muito à vontade em mais um final de campeonato jurídico. Desfrutando do familiar conforto proporcionado pelo início de fato de um julgamento, o Meritíssimo mantinha a mente limpa enquanto observava a acusada ocupar o lugar a ela destinado no tablado central daquele Tribunal.

— Nome?

— Ré Volução.

— Alcunha?

— Ré Dentora.

O silêncio sepulcral da plateia, em pleno Carnaval, continuava impenetrável. Parecia que todos ali presentes pressentiam que algo devastador e inédito estava por acontecer. E não era para menos que esse sentimento dominava todas as mentes que ali eram testemunhas. Naquele instante, pela primeira vez na trajetória do país, alguém considerado totalmente inatingível, intocável e inimputável havia, sem explicação, se materializado em carne e osso no banco dos réus do Tribunal do Júri, a fim de tomar parte no evento mais surreal da vida recente daquela nação.

Sem dar bola para o assombro da plateia, Fato Consumado pediu que o promotor desse continuidade aos trabalhos, lendo o indiciamento da acusada.

Acuso Nascerta não se fez de rogado e soltou o verbo:

— O Estado acusa a senhorita Ré Volução, branca, solteira, residente desta cidade, dos seguintes crimes contra o bem público nacional e a humanidade: desestabilização da democracia nacional por meio de um golpe de Estado conduzido no Dia da Mentira, autorização de assassinatos em massa e tortura disseminada durante pelo menos uma década, imposição das **Cinco*Estrelas** como autoridades máximas da nação, cerceamento de toda e qualquer liberdade política, cultural, religiosa e sexual, estelionato e enriquecimento ilícito em volumes jamais vistos deste lado da Via Láctea, perseguição aos intelectuais, aos operários, aos líderes sociais e sindicais, aos sapateiros, às prostitutas e aos juízes de futebol, entre outros, proibição irrestrita da poesia, do gozo e da alegria, genocídio das minorias indígenas e transexuais, deflagração do chamado “Programa de Normalização Econômica Nacional”, que levou dezenas de milhões a uma situação de penúria extrema, exploração do trabalho escravo, destruição da grande floresta do Norte, extermínio das baleias, saguis e sabiás-laranjeiras, edificação do aparato de repressão mental do Estado, destruição das universidades, das boates, dos puteiros e de todo outro local vital para a gênese do pensamento crítico inovador, condenação de milhões de cidadãos ao exílio, implementação de uma política de submissão de toda e qualquer oposição baseada na doutrina da intimidação, da crença no complexo de vira-lata e da desintegração da autoestima nacional desde a concepção e até a ressurreição.

“Além desses e de outros crimes hediondos, como a criação da impunidade universal e a instituição do aspone e do genro como figuras de destaque da política nacional, imputa-se à Ré a proibição do abraço espontâneo, da solidariedade, do amor ao próximo, bem como a criação da cultura da intolerância, do militarismo desenfreado, da abolição de qualquer eleição direta e democrática, da estagnação da vontade e aniquilação do sonho, bem como a perpetuação do regime de poucos para muito menos ainda, em detrimento da felicidade de todos os muitos, para sempre excluídos de tudo aquilo que um dia foi parte dessa nação."

Bastou que a última sílaba do indiciamento da acusada fosse pronunciada para que um clarão estonteante invadisse cada janela do recinto e cegasse temporariamente todos os presentes. A noite de Carnaval se iluminou a tal ponto que mesmo os foliões do lado de fora do Tribunal interromperam a bandalheira para admirar o céu, que parecia querer parir o ainda distante nascer do sol.

Olhos estupefatos e marejados, lutando contra as sombras da cegueira temporária, se encontravam dentro e fora do Fórum em busca de uma explicação para o fenômeno natural que emudecera até a bateria da primeira escola de samba que iniciava seu desfile pelo recentemente construído Sambódromo, ao custo de um bilhão de dólares. Petrificados pela explosão de fótons, foram necessários alguns minutos até que os primeiros cochichos e as conversas de pé de ouvido se iniciassem e se espalhassem como fogo de arbusto por toda a audiência do Tribunal. As hipóteses mais absurdas foram levantadas, examinadas e logo descartadas. Por dez longos minutos ninguém teve a menor ideia da origem ou da magnitude do evento que produzira tal explosão, tão luminosa como o Big Bang, mas totalmente silenciosa, presenciada por dezenas de milhões de foliões aturdidos.

Quando o burburinho já começava a atingir níveis de alarme e a massa de carnavalescos ameaçava abandonar a festança – algo que traria prejuízos incalculáveis para a economia nacional, hoje totalmente dedicada à exploração das aptidões turísticas daquele país tropical –, eis que a Rádio Estatal interrompe sua transmissão do desfile para um informe extraordinário, capturando a atenção de todos, mesmo dos habitantes em franco processo de concepção, aqueles prestes a nascer, os mergulhados no coma e mesmo os muito próximos de passar desta para uma muito melhor.

— Comunicamos com grande pesar, nesta edição extraordinária de Carnaval, o súbito falecimento da excelentíssima ***Estrela*Primeira***, ocorrido nesta noite, numa localidade remota e não identificada da capital da República. Como é do conhecimento de todos, a excelentíssima ***Estrela*Primeira*** pertencia ao Conselho Supremo das ****Cinco*Estrelas****, autoridade máxima da nação. Telegramas e e-mails já começam a chegar, trazendo os votos de solidariedade e profundos sentimentos de líderes de todo o globo, enaltecendo a figura e as contribuições da ilustre dirigente que tanto de si doou nesses últimos anos para a construção de um país voltado para um futuro de grandeza e prosperidade. As ****Quatro*Estrelas****, como passará a ser conhecido daqui por diante o Conselho Supremo do país depois dessa grande perda, gostariam de manifestar solidariedade aos familiares, amigos, companheiros de farda e associados da recém-extinta ***Estrela***, e informar à nação que, apesar dessa tragédia, nada muda. A perda dessa heroica companheira, combatente que durante toda a sua carreira dedicou-se à linha de frente na luta incansável contra a subversão, a libertinagem, os maus costumes, o sexo bestial e o jogo de bocha, não ocasionará nenhuma alteração nas casas, nos hospitais, nos bailes de Carnaval ou nas prisões de segurança máxima, orgulho inconteste da ingenuidade arquitetônica do país. A cerimônia fúnebre será realizada brevemente, acompanhada de uma prova da força do regime: a apresentação do mais recente corpo de baile formado por ex-terroristas e subversivos participantes do programa de retreinamento neural. Tal exibição servirá não só como homenagem à nossa companheira falecida, mas também como demonstração do excelente tratamento dispensado àqueles que por alguma razão inimaginável resolvem se opor ao regime. Esse espetáculo erudito também ilustrará quão eficiente é o treinamento de reabilitação política e cultural criado pelo grupo especial que assiste esses desajustados sociais da nossa Pátria. Informou em edição especial a Rádio Estatal **Quatro*Estrelas**.

Era preciso retomar a iniciativa e não deixar a proverbial peteca cair. Tomado de inspiração, Fato cortou de primeira a bola levantada na rede:

— A senhora tem noção da gravidade das acusações que lhe são imputadas por este Tribunal do Júri? — Fato se dirigia agora à acusada diretamente.

— Sim, senhor. — Nada no comportamento da acusada revelava qualquer tipo de hesitação ou temor.

— E como a senhora se declara, perante tais acusações? — Consumado foi direto para a jugular... metaforicamente falando, é claro.

Desde a sua entrada silenciosa e segura em cena, aquela mulher tinha se comportado como alguém totalmente no controle de si. Ainda assim, a pergunta à queima-roupa de Fato lhe atingira em cheio. Pela primeira vez na sua existência, ela experimentou a sensação de estar sendo questionada e abraçada pelos longos e pegajosos tentáculos da lei.

Porém, mesmo titubeando por um breve instante para recuperar o prumo, Ré Volução, também conhecida como Ré Dentora, não se furtou a desencadear a segunda explosão megatônica do dia ao se pronunciar:

— Culpada! Muito culpada! Culpadésima!

A risada aterradora, laivada de ironia, com que a agora Ré Confessa pontuou essa sua declaração espalhou-se por cada canto do Tribunal, fazendo gelar prontamente as poucas medulas espinhais que ainda não se haviam dado conta da precariedade da situação dos seus pobres nervos.

CAPÍTULO 4

A HARMONIA

— Dada a quantidade e gravidade dos delitos pelos quais a Ré foi citada e dada a importância de ouvirmos todos os depoimentos, tanto da defesa quanto da promotoria, observaremos o seguinte cronograma de funcionamento. — Como de hábito, Fato Consumado exibia naturalmente todos os dons jurídicos que herdara do pai, Fato Inédito, e do avô paterno, o inesquecível Fato Extraordinário, emérito "pinguim" do já extinto Tribunal Estadual de Justiça. — Sábado, apresentação do processo pela promotoria; domingo de Carnaval, réplica da defesa; segunda-feira, testemunhas da promotoria; terça-feira gorda, testemunhas da defesa; Quarta-Feira de Cinzas, deliberações finais, leitura do veredito e sentença. Tudo muito organizado. Tudo dentro dos conformes. — E, depois de uma pausa: — Desta maneira, a sessão está suspensa até as oito horas de amanhã.

O primeiro dia passara e todos continuavam ilesos. Consumado sentia-se cansado, esgotado, no limite. Faltavam apenas cinco horas para o reinício da rinha. Era imperativo que ele recuperasse a energia. Fato se recolheu a seus aposentos, uma pequena sala atrás do auditório do Tribunal. E lá ele desabou num profundo e pitoresco episódio de sono REM.

O júri, a essa altura, procurava solucionar um problema, à primeira vista, insolúvel. Como era proibido o contato do corpo de jurados com outros membros da Corte e da plateia durante o julgamento, ou seja, durante todo o Carnaval, era preciso acomodar a todos, separadamente, nas dependências do Tribunal. Para complicar o desafio de logística enfrentado pela equipe do senhor May Rinho, os gostos eram diversos e as opções, poucas.

Conforme os salões anexos ao auditório principal começavam a ser preenchidos aleatoriamente, inclusive com penetras que confundiam o prédio do Tribunal com algum clube onde se realizaria um baile carnavalesco, a situação começava a ficar crítica. Era preciso não só manter jurados e advogados, mas também todas as testemunhas e a assistência segregados. Fato planejara tudo, nos mínimos detalhes. Toda a logística levava em conta a necessidade imperativa de seguir as normas legais de procedimento do Tribunal do Júri, da melhor forma possível. Evidentemente, uma certa adaptação ao contexto das circunstâncias se fazia necessária.

Todos sabiam das limitações, mas nem todos se conformavam.

Por exemplo, a adesão de membros da audiência, compulsória ou não, era definitiva, sem volta, pelo menos no plano original de Fato, que, por precaução, trancara todas as portas do prédio do Tribunal, escondendo as chaves. Na noite anterior, vedara todas as janelas com pôsteres gigantescos de mulheres maravilhosas, nuas como vieram ao mundo. Usando dessa estratégia peculiar, baseada na cultura macho-chauvinista daquele país tropical, Fato tornara as janelas intransponíveis, pois ninguém ousaria, em sã consciência, macular tais imagens.

Membros da plateia acomodaram-se como puderam, espalhados pelo plenário da Corte. Os funcionários do Tribunal compartilharam a ampla sala destinada à secretária do senhor May Rinho. Este, por sua vez, continuou a desfrutar da suíte privada, acusticamente isolada dos ruídos humanos noturnos que emanavam tanto de dentro como de fora do edifício. O advogado de defesa e o promotor foram levados ao Anexo I. Já a Ré, por determinação de Fato, fora confinada na cela do subsolo do Tribunal.

Apesar do som incessante do desfile de Carnaval que penetrava por todas as frestas do edifício, e da transmissão a todo volume da Rádio Estatal, que, a cada cinco minutos, recitava o curriculum da ***Estrela*** falecida, permeado com a frase cifrada – "Na quinta-feira, o folião se recolherá" –, a primeira noite do julgamento seria lembrada como a mais tranquila de todas.

Afinal, nenhuma tentativa de fuga foi registrada. Nenhum pôster foi tocado.

Não houve nenhum atentado.

Os banheiros ainda funcionavam bem.

No exterior do Fórum tudo continuava normal. Se é que se pode chamar de normal o comportamento de milhões de pessoas embriagadas e famintas pela realização de toda sorte de fantasias hedônicas e fetiches reprimidos durante todo um ano. De uma forma geral, o país ainda não tomara conhecimento do julgamento secreto que ocorria à margem das festividades. Nessa madrugada de sábado, a nação já mergulhara no torpor coletivo que caracterizava o período carnavalesco, e nenhuma outra preocupação ocupava a mente dos habitantes daquele país tropical.

Melhor do que ninguém, Ré Volução sabia dessa apatia natural e contava com ela.

De repente, no meio da madrugada, adentrou a avenida o tradicional e mais popular bloco de Carnaval do país, o famigerado Confete no Rabo. Pedindo passagem, sem muita frescura. Surgiu, desfilou e ficou nisso. Nenhuma adesão de porte foi notada. Alguns comentaristas da Rede Estatal sentiram algo errado no ar, mas, conscientes dos riscos envolvidos, abstiveram-se de qualquer comentário.

Na falta de qualquer efetivo do destacamento da tropa de choque do regime – estavam todos desfilando, fantasiados de mulheres peludas, cheias de maquiagem, ruge, batom, penachos e de cassetete na mão –, as **Quatro*Estrelas** começaram o processo de recrutar foliões, pagos a peso de ouro, para passarem ao longo do perímetro do Tribunal, com o objetivo de tentar os ocupantes com anistia e melhores condições de aprisionamento, a partir da quinta-feira.

Guerra é guerra!

Tamanho foi o ímpeto da junta governamental em perturbar os trabalhos do Tribunal que, durante a madrugada de sábado, a rua em frente ao Fórum foi abastecida com a maior coleção de banheiros químicos jamais vista no Sambódromo. Assim, a partir da manhã de sábado, além do som ensurdecedor, o Tribunal seria invadido por um constante fluxo de odores derivados do descomunal acúmulo de ureia e de toda sorte de detritos produzidos pelos movimentos peristálticos dos tratos gastrointestinais das hordas de carnavalescos de todo o mundo que confluíam para a zona do desfile.

Depois de algumas adaptações de última hora, os passageiros da kombi – isto é, os que agora compunham o júri – se acomodaram numa sala ampla, bem isolada das demais dependências do Tribunal, onde sacos de dormir razoavelmente confortáveis e em cores diferentes foram disponibilizados para que todos pudessem repousar da mais conturbada viagem de lotação de que se tem notícia.

Afora a disputa quase infantil de Estalimperto Daqui e A. Mando de Carlos Marques por quem teria o privilégio de utilizar o saco de dormir vermelho durante as próximas cinco noites, tudo transcorreu na mais perfeita ordem. Em silêncio, haja vista que um acordo moral proibia a discussão dos autos no período de repouso, todos se acomodaram e tentaram refletir sobre o ocorrido.

Minutos depois da interrupção dos trabalhos, a situação ficara mais tensa quando a petição submetida por Deustodo Poderoso, requerendo a companhia do filho único (relações-públicas da empresa) e de seu sócio, foi recusada sumariamente pelo Meritíssimo. Não era por acaso que este se chamava Fato Consumado.

Diante da recusa, Deustodo lamentou a maré de má sorte, iniciada com a opção pelo uso da kombi, para economizar uns trocados, naquela sexta-feira fatídica, e culpou seu concorrente, o conhecido gângster Coisa Ruim, pelo carma desfavorável. Provavelmente a kombi pertencia à rede de negócios escusos do adversário.

Conformado, Deustodo entrou no seu saco de dormir, todo azul-claro, e procurou se ajustar à situação. Fazia muito tempo que ele não se sentia tão só como nessa madrugada de Carnaval. Sempre acompanhado pelo filho e pelo sócio, resolvendo alguma disputa, avaliando algum pedido, vendendo alguma bênção, Deustodo gostava de trabalhar em equipe, mesmo que nunca abrisse mão das prerrogativas e privilégios que lhe cabiam como fundador e sócio majoritário da empresa.

Pela primeira vez em muitos anos, Deustodo sentiu frio no meio da madrugada de verão. Estava deitado bem perto da janela principal da sala do júri, embaixo de um pôster gigante, quase um outdoor, que revelava uma modelo com seios fartos, de mamilos rijos e desafiadores, e uma coleção de pelos pubianos curiosamente encaracolados e artificialmente coloridos. Uma única foto que vazasse de Deustodo Poderoso sob a imagem dessa verdadeira Deusa certamente selaria a sua carreira e levaria à falência todos os seus negócios.

E o que pensar do espetáculo de todo o dia, da qual fora testemunha ocular privilegiada, alvo das atenções mais díspares?

Que mulher estranha essa Ré Volução. Conhecia sua família desde bem antes de seu nascimento. Todos os parentes lhe eram muito íntimos, bem como seus progenitores. Afinal, todos frequentavam habitualmente as franchises de Deustodo, compartilhando os mesmos valores, a mesma ideologia, as mesmas crenças. Pela família, pela tradição e, sem esquecer nunca, por qualquer ponta de propriedade, todos tinham sido aliados de primeira linha, durante boa parte da História moderna daquele país tropical.

Discreta e disfarçadamente, como se receasse ter seus pensamentos lidos por algum espião do regime infiltrado no Tribunal

– corriam boatos de que havia muitos –, Deustodo começou a recordar o apoio dado por sua empresa àquela criatura; todo aquele ufanismo, consciência cívica, a moral, os bons costumes, os lucros, sim, porque tudo aquilo rendia muito tutu para seus negócios. Lembrando e se penitenciando pelo lembrar tão livre, leve e solto, Deustodo tentou se autoabsolver com o argumento de que as suas ações tinham sido pautadas pela racionalidade, pelas boas práticas comerciais; tudo se justificava se o objetivo maior – manter seus negócios de vento em popa – fosse alcançado. Afinal de contas, daqui a algumas décadas, quem se lembraria dessa tal Ré Volução?

Na realidade, esmiuçando seus pensamentos e destilando o suco de miolo que deles brotava, Deustodo se deu conta de que a sua melhor lembrança daquele período todo se concentrava na maravilhosa marcha que ele e a Ré haviam ajudado a organizar. Repentinamente, uma preocupação cruzou o seu córtex: será que alguém se lembraria da notória presença de Deustodo, na primeira fila da marcha, carregando o logo da sua franchise e cantando o jingle da empresa?

Fosse como fosse, nesse julgamento precisaria portar-se de forma imparcial. Bem, se não totalmente imparcial, pelo menos a imagem de imparcialidade salomônica teria que ser transmitida a qualquer custo. Verdade seja dita, tinha sido uma espécie de cúmplice menor de alguns pequenos crimes cometidos pela acusada. Coisa pequena, irrelevante, sem importância, de que poucos se recordariam. Deustodo, mesmo lembrando de cada um desses *petits* crimes, não se preocupou. Caso algum desses fatos viesse à tona, ele sempre poderia argumentar haver grandes circunstâncias atenuantes, uma vez que seu filho, coligado com acionistas minoritários da empresa, havia se envolvido com elementos subversivos, opositores do regime, fomentando movimentos de resistência às diretrizes das **Cinco*Estrelas**, agora **Quatro**, empossadas pela acusada logo após a sua chegada ao poder. Justiça seja feita, a mulher era danada. Um verdadeiro prodígio; uma líder nata da sua geração.

De qualquer forma, era preciso encarar a situação. Décadas se passaram, os acionistas minoritários cresceram e adquiriram importância no conselho da empresa e, mais importante, respaldo na freguesia, que consumia todos os seus produtos como se eles caíssem do céu, literalmente!

Ré Volução, pensou Deustodo Poderoso, talvez fosse uma relação incômoda demais para se manter, muito menos para se defender. Tudo se complicara com o desaparecimento e a subsequente execução de alguns desses acionistas minoritários por capangas da acusada. Até mesmo dentro da empresa, influenciados pelo mau exemplo dos acionistas minoritários, alguns diretores já clamavam por justiça social, igualdade de direitos e, veja só aonde fomos parar, até mesmo *democracia* e participação nas decisões estratégicas que definiam o futuro da Firma.

Deustodo abominava esses termos fortes, esses sonhos quixotescos, mas tinha que manter as aparências, pois, no meio da turba, lá estava seu filho, cabelos e barba longos, bata de hippie, validando com seus discursos para os investidores e suas aulas públicas as posições mais radicais dos acionistas minoritários.

O frio até tinha melhorado, pensou Deustodo. Talvez não tenha sido má ideia cobrir as janelas com pelos pubianos. Eles chegavam a dar a sensação de um certo conforto térmico. Duro seria pegar no sono com todas essas preocupações.

Para restabelecer um mínimo factual do relato acima, vale ressaltar que, ao contrário das impressões que Deustodo procurava transmitir para confortar seus sócios e, acima de tudo, a si mesmo, nos últimos anos a companhia tinha sofrido alguns abalos sísmicos, decorrentes de crises revisionistas, mudanças táticas e até mesmo remanejamento dos seus cargos diretivos. Todo esse cataclismo filosófico, porém, não foi efetivo o suficiente para alterar a visão de que o que importava mesmo era a conservação da empresa e de seus dogmas a qualquer preço. Boas firmas de publicidade foram contratadas para dar um novo verniz à Mensagem, que envelhecia a passos largos. Assessorados por um *manager control team* importado do Grande País do Norte, onde suas filiais progrediam a toda velocidade, sem nenhum empecilho, Deustodo e o sócio continuavam a apostar na possibilidade de coibir, de uma vez por todas, as ideias destemperadas do filho e restringir toda e qualquer lavagem de roupa suja dentro das impérvias paredes da sede da empresa.

Pensando com mais clareza, enquanto fitava distraidamente aquele par de seios desnudos que, vistos de baixo para cima, pareciam delinear um mundo à parte, bem no centro do seu campo visual, Deustodo concluiu que, com toda a certeza, o promotor traria para o Tribunal algum dos detalhes mais escabrosos da participação de sua empresa nos principais acontecimentos nacionais da última década. A situação era periclitante, visto que a cumplicidade fora, digamos, mais do que simbiótica.

Ela fora *promíscua*.

Agora, tudo isso no meio do Carnaval! Puta que pariu, só podia ser coisa do demônio.

Perdido em preocupações, imaginando outro de seus concorrentes rindo aos borbotões da sua tragédia, Deustodo pegou no sono e passou as cinco horas seguintes a sonhar com matagais de pelos pubianos coloridos ao vento, cercados de peitos por todos os lados.

CAPÍTULO 5

A BATERIA

Com a rígida divisão de classes imposta pelo Meritíssimo, o Fórum sobreviveu à primeira noite. Amanhecia no país do Carnaval, mas, contrariando a norma cotidiana, nenhum galo cantou. Para compensar o silêncio matinal, muitas descargas foram ouvidas pelo prédio do Tribunal. Como resultado, a primeira crise se instalou.

Motivo?

Faltou papel no banheiro do auditório principal.

Minutos depois, a resistência do chuveiro da sala do júri queimou. No mictório do Anexo I, muitos mijaram fora da pichorra. Passo a passo, a rotina matutina de um sábado de Carnaval impregnou toda a fábrica social que movia aquele microcosmo da insurreição nacional.

Cercados, desde muito cedo, pela sempre presente milícia carnavalesca, formada de foliões que representavam todos os sexos, etnias e variações genéticas da espécie e que, nessa altura, já não tinham a menor ideia se a festa da qual participavam era a saideira da sexta ou a matinê do sábado, os habitantes do Fórum lentamente foram retornando às suas posições no auditório do Tribunal.

Hoje seria o grande dia do promotor Acuso Nascerta. Para deleite da plateia, o digníssimo bacharel trouxera de casa um farnel especial, preparado para durar todo o julgamento: uma farta porção de pizza de alho. Depois de refestelar-se num suculento café da manhã com a dita iguaria, Nascerta dirigiu-se diretamente para o auditório, sem se dar conta das consequências desse ato irresponsável e de baixo valor de marketing bucal.

A Ré foi chamada, o júri se empertigou, a plateia aboletou-se, tudo no seu devido lugar para o reinício de mais um capítulo do épico jurídico. Não faltava ninguém. Na primeira fila da plateia, destacava-se uma velhinha alquebrada, que fez questão de postar-se bem à frente do Meritíssimo, vestindo seu xale. Nos dias seguintes, nos momentos de maior tensão dos depoimentos, essa senhora interromperia seu tricô para puxar o coro da claque jacobina que brotara espontaneamente da plateia. Aos gritos de "enforquem-na", "bando de afinados", "*cojones*, onde estão seus *cojones*", essa turba, sempre liderada pela anciã, criou um ambiente muito familiar, esportivo, quase descontraído que muito contribuiu para a continuidade dos trabalhos.

Verificando que todos estavam a postos, Fato Consumado deu início à sessão.

— Com a palavra, o doutor Acuso Nascerta, para a apresentação da promotoria. Antes, porém, cabe um esclarecimento. Dada a complexidade e dado o tempo limitado para a realização deste julgamento, excepcionalmente não faremos a leitura dos autos como é de praxe. Mesmo porque os autos não foram confeccionados a tempo. Sendo assim, passaremos de imediato à apresentação do senhor promotor.

— Protesto, Meritíssimo. Protesto veementemente diante de tal procedimento inédito! — Sempre Passional quase levantou voo de sua mesa na ânsia de defender os interesses de sua cliente (e salvaguardar o futuro dos seus pobres *cojones*). — Isso é um absurdo, um atentado contra as boas normas jurídicas usadas há séculos nos tribunais deste país. Não bastasse a truculência de prender e julgar uma pessoa, não oferecer tempo hábil à defesa para inspecionar autos, que nem mesmo existem, viola qualquer regra ou preceito da boa prática processual. Como se pode pretender julgar alguém sem que o processo contra essa pessoa seja plenamente conhecido?

— Acalme-se, senhor advogado.

Tendo justificado plenamente os seus honorários e garantido um tratamento mais leniente do regime no seu próprio futuro julgamento, Sempre Passional, ainda exibindo uma expressão de dor aguda, aquietou-se, mesmo desconsolado.

A Ré, descontraída, sorriu, divertindo-se com a inconveniência criada por seu representante.

Vaias da plateia se seguiram. De sua posição privilegiada, a velhinha do tricô não deixou por menos.

— Cê tá de gozação né, meu filho? Estragar a brincadeira antes de ela começar?

Depositário das esperanças de todas as categorias representadas na plateia, Fato chamou para si a responsabilidade de esclarecer o impossível, matou no peito e colocou a pelota de volta na grama.

— Senhor Passional, parece claro que, para revelar verdadeiramente o escopo e a profundidade das acusações deste processo, seria necessário muito mais do que a simples confecção e leitura de alguns vários volumes de autos. Na verdade, para se fazer justiça, na mais visceral acepção da palavra, seria necessário transcrever, dia a dia, minuto a minuto, a tragédia devastadora a que foram submetidas dezenas de milhões de cidadãos deste país, pretensas vítimas diretas ou indiretas das ações iniciadas com a tomada do poder pela acusada. Como o senhor pode ver, outro é o diapasão que teria que ser empregado para enunciar cada um dos enredos que, por si sós, definem o verdadeiro turbilhão de lágrimas, sangue e destruição que nem neste, nem em qualquer outro Tribunal deste mundo, alguém seria capaz de descrever, quer em palavras faladas, quer em escritas. Gostaria de lembrar à defesa — continuou Fato, com a voz acalentada pelo silêncio glacial vindo de todos os cantos do auditório — que este julgamento só foi possível pelo aprisionamento sumário da Ré, cumprindo-se um dos muitos alvarás de prisão expedidos há muito tempo, durante a sua visita ao Fórum, como parte da cerimônia que marcaria o fechamento da última Corte independente da nação. Quis o destino que, motivada pelo capricho de testemunhar pessoalmente o último ato de cerceamento das ações independentes dos nossos tribunais, a Ré tenha se dirigido voluntariamente a este Fórum. Quando lhe foi dada voz de prisão, julgou ser essa mais uma "pequena surpresa", preparada por seu cerimonial para lhe dar uma sensação de como funcionavam os velhos procedimentos da justiça. Não fosse esse pequeno golpe de sorte, nem à revelia a Ré seria julgada, uma vez que daqui para a frente ela estaria completamente fora do alcance de qualquer Tribunal, visto que esses seriam simplesmente extintos.

"Não existem autos, doutor Passional, apenas a insaciável necessidade de justiça. E é sob essa premissa fundamental e inalienável da condição humana que daremos prosseguimento a este julgamento. E estaremos conscientes de que a perda de alguns anéis de ortodoxia jurídica é amplamente compensada pela conservação da crença de que os dedos da justiça são capazes de alcançar, mesmo que tardiamente, todo e qualquer tirano. Mesmo no país do Carnaval.

"Quanto à sua preocupação, a de que estamos aqui a julgar uma mulher inocente, argumenta a Corte que a magnitude dos crimes imputados à Ré, se provados, torna a sua presumida inocência totalmente irrelevante. Sendo assim, o seu protesto é indeferido."

O rugir de palmas, gritos, lágrimas e uivos abafou, por minutos, a marchinha carnavalesca que tentava animar os foliões da jovem e indecisa manhã de verão tropical. Por alguns instantes, muitos acreditaram que, afinal de contas, os prováveis cento e oitenta e nove anos de prisão a que todos estavam sujeitos a partir da quinta-feira valeriam a pena, só pela chance de poder participar de tal ato de afronta e rebeldia. Afinal, testemunhar a presença da até então mais do que poderosa Ré Volução sentada, de pernas cruzadas, no banco dos réus valia qualquer sacrifício.

— Ré Volução sifu! — A velhinha do tricô tratou logo de traduzir a adjudicação de Fato Consumado na linguagem das massas.

Fato, num momento de vaidade, permitiu a manifestação de júbilo dos ouvintes. Afinal, ninguém é de ferro. Do alto do seu poleiro, passada a primeira onda de celebração, ele simplesmente retomou os procedimentos como se nada tivesse acontecido.

— Com a palavra, a promotoria.

— Muito obrigado, Meritíssimo.

Acuso virou-se para a plateia e mandou lenha. Quer dizer, alho. Para todos os lados.

Só deu tempo para o ritual, "senhoras e senhores". Em poucos milissegundos, a fila do gargarejo, sempre alerta, capturou o drama. No "nesta manhã de sábado", metade da primeira fila mareou, e a outra grávida presente aos trabalhos, situada na segunda fileira, não hesitou e cumpriu o dever cívico de botar o mico para fora! Bile verdinha, obra-prima hepática, decretou o investigador encarregado da perícia.

Em poucos minutos, um bilhete contendo centenas de assinaturas alcançou o poleiro de Fato.

Dizia a missiva:

"Nós, abaixo-assinados, vimos por meio desta reivindicar a mais imediata e irrestrita higiene bucal de Sua Senhoria o senhor promotor Acuso Nascerta, sem a qual não haverá condições para a continuidade do julgamento, a não ser que seja paga uma taxa de insalubridade a todos os presentes".

Para se ter uma ideia da gravidade da ocorrência, a petição era assinada inclusive pelos revendedores de lanches do Anexo I, uma vez que, inicialmente, pensou-se provir dos seus produtos o odor que havia baqueado meio Tribunal.

Sem fundos para bancar a taxa de insalubridade mais os encargos trabalhistas, Fato se rendeu às evidências testemunhais. Interrompendo a sessão, pediu discretamente que Nascerta se aproximasse - mas não muito - e recomendou polidamente, e em baixo tom, um gargarejo rejuvenescedor e providencial com uma dose generosa do antisséptico bucal estatal, na sua antecâmara. Com paciência de sobra, Fato aguardou o procedimento técnico do bacharel, muito ritmado por sinal, e reabriu os trabalhos com soberba.[3]

Refeito do vexame, mas ainda empolgado, Nascerta, agora sem tempero, reiniciou, ao som do samba oficial do Carnaval, o seu auto de acusação.

— Senhoras e senhores — um profundo e saboroso aroma de menta preencheu o auditório, para felicidade geral da nação —, nesta manhã de sábado, enquanto a quase totalidade do país desfruta da festa mais tradicional da nossa cultura, este Tribunal, o último Tribunal, inicia, sem sombra de dúvida, o seu mais importante e emblemático julgamento. Com data marcada para terminar, com as portas trancadas a chave e as janelas revestidas de obstáculos pictóricos invioláveis, cercados de foliões, os representantes do povo testemunham, pela primeira vez, o escancaramento das feridas profundas de todo um país.

"No banco dos réus, aparentemente imaculada e inocente, esta mulher carrega no DNA a herança de uma enxurrada de crimes que serão finalmente desmascarados, expostos e desnudos em toda a

3. Anos depois, o episódio seria muito explorado pela imprensa oficial. Para sempre, Acuso seria relembrado como o "infame crítico de palavras azedas", ou então como o "amargo hálito que cuspiu no prato em que comeu".

sua cruel perversidade. Denunciada em mais de 278 delitos que cobrem, quase na sua totalidade, a extensão tanto do nosso Código Penal como do território nacional, os crimes da Ré convergem, indelevelmente, de uma forma ou de outra, na vida de cada um dos habitantes desta nação, mesmo daqueles que ainda estão por nascer. Os efeitos devastadores dos atos insanos da acusada e de seus asseclas se espalham para além das covas rasas onde jazem milhares de corpos indigentes, ou dos limites das chagas incuráveis de tantos e tantos torturados. Há muito, esses crimes já se alastraram pelas entranhas de todo o nosso povo, na forma de um medo viscoso, invasor, viral, do qual, uma vez contaminado, ninguém consegue se libertar, nem mesmo com a própria morte. Esse medo, já faz tempo, se transmite sem controle por gerações, como se ele também tivesse adquirido o direito de ditar todos os passos do nosso legado genético.

"Durante estes dias de Carnaval, a promotoria procurará demonstrar o que foi a vida de cada um nós nestes últimos anos, um período suficiente para definir uma existência; a vida da Ré, que nos confronta com o olhar que esconde as garras de carrasco com as quais ela nos acorrentou, humilhou e executou, sem misericórdia, sem perdão, no seu garrote vil."

O plenário acompanhava cada palavra do promotor, atento e atônito. Fato seguia o raciocínio e a retórica de Acuso, mantendo a mente livre de qualquer distração.

O júri, na sua totalidade, mantinha o foco sincronizado com o ritmo quase palpável das rajadas verbais cadenciadas de Nascerta.

A Ré, bem, a Ré se reservava a memorizar os rostos de todos os presentes. Só lhe interessavam os detalhes faciais, uma vez que esses seriam essenciais na quinta-feira.

O escrevente, talvez a maior vítima daquele acontecimento, se debatia furiosamente com sua máquina de escrever Olivetti. Era fundamental registrar tudo, cada palavra, cada gesto. Assim também pensava o repórter estatal, que se detinha a cada detalhe, pedindo auxílio aos vizinhos, pegando frases pela metade, adicionando adjetivos propícios e inadequados na mesma proporção, brigando com os pronomes, errando no balanço dos advérbios.

Depois de uma pausa para molhar o bico (com água mineral), Acuso prosseguiu:

— Desde antes da tomada do poder, contradizendo todas as normas ou leis conhecidas, a acusada tramou contra a nação. Conspirou, traiu, sabotou pessoas e instituições na mesma razão, infiltrando-se em assembleias, cultos, clubes e rodinhas, minando as aspirações genuínas e os sonhos legítimos de todo um povo. Após longa preparação, realizada em sigilo e nas sombras onde vivem apenas os traidores, o único dado confirmado da tomada do poder foi que ela se deu, apropriadamente, no dia universal da mentira.

"Primeiro de abril. A data da infâmia consta na sua tomada de posse. Muitos até hoje reclamam, com orgulho, sua paternidade política. Em seu nome todo crime conhecido do homem foi realizado. O inferno se materializou nestes trópicos, entristecidos com a enchente de dor dos desenganados, dos milhões de desesperados que vivem apenas para morrer.

"Tão logo pôde agir por si mesma, tratou de mostrar o propósito da sua vida e de dar vazão a todos os seus planos macabros. Nos primeiros dias foi grandemente subestimada por boa parte de nós. Alguns diziam ser ela um mal temporário, no máximo um evento prematuro que não resistiria à vida de incubadeira criada por aqueles que a conceberam politicamente.

"Poucos resistiram no início. E isso permitiu que ela progressivamente criasse os alicerces do período de terror que logo revelaria a sua verdadeira face.

"De imediato foram empossadas as **Cinco*Estrelas** como autoridades máximas do país. Um mero títere, retirado de um tradicional colégio de formação de títeres, assumiu a presidência. Logo se seguiram outros, progressivamente mais repressivos, mais truculentos, mais sanguinários. Todos apoiados e amparados pelas **Cinco*Estrelas**, que por decreto amalgamaram-se como um único poder: o famigerado ExceLesJudi.

"A partir de então, lares, escolas e universidades começaram a ser invadidos diariamente pela polícia política. O conceito de habeas corpus foi revogado. A necessidade de provas, eliminada. Livros foram queimados em praça pública. Homens e mulheres, jovens e velhos, começaram a desaparecer misteriosamente. Destes, restaram apenas corpos desfigurados, abandonados em ravinas, jogados ao mar ou incinerados em fornos de cozer cana-de-açúcar; destinos terminais de execuções sumárias ou do acúmulo de sevícias tão perversas e covardes que nem mesmo os porões do regime conseguiram manter as lágrimas e a verdade oculta. Pois, nos vãos de concreto onde o sangue jorrou, ficaram registrados os nomes de todos aqueles que tombaram, pasmos, desconsolados, sós. Estudantes, operários, escritores, campesinos, mães, pais, filhos e filhas de uma nação que se voltou contra si mesma, como uma doença autoimune que começa a devorar o próprio corpo e chega até o osso, ainda sem se saciar.

"Enquanto nas cidades era destruída qualquer resistência, no campo as terras eram tomadas à força. Multidões de desabrigados, como filas de formigas, tiveram que deixar para trás o pouco que tinham para encontrar emprego e refúgio nas metrópoles do país, onde seriam tratados como cidadãos de segunda classe, semivivos, escravos.

"A tudo isso somou-se o maior êxodo da História destes tristes trópicos. Expulsos de seus empregos e impedidos de exercer suas profissões, professores, artistas, cientistas e intelectuais buscaram guarida, seja lá onde foi possível encontrar, criando um verdadeiro exército de exilados distribuídos por todas as partes do mundo, vítimas da maior diáspora já testemunhada pelo Cruzeiro do Sul.

"Para institucionalizar o golpe, foram criados o Código de Conduta Nacional, o Código da Moralidade, o Código do Ame-o ou Deixe-o, o Código da Propriedade, a Lei de Prevenção das Atividades Subversivas e o Estatuto das Atividades Individuais. A Lei da Família e da Procriação, o Estatuto das Minorias Indesejáveis, a Lei da Repressão aos Desvios Sexuais. Todo esse entulho de exceção e arbitrariedade removeu de cada cidadão toda e qualquer possibilidade de existir, respirar, copular, transitar e, acima de tudo, resistir à invasão de corpos e pensamentos perpetrada pelas garras implacáveis da Ré e de seus cúmplices. A cada um de nós restou apenas silenciar, enterrar os mortos, consolar os torturados e desviar os olhos para não testemunhar toda sorte de atrocidades e violências contra tudo aquilo que costumeiramente chamamos de natureza humana. Restou-nos, apenas, a posse da nossa miséria e dos rios de lágrimas que serviram para abrir caminho para aqueles que, em nome de Deus, Família e Propriedade, criaram a acusada, conhecida por todos como Ré Volução. A dita Ré Dentora."

De todos os cantos do Tribunal, pares de olhos lacrimejantes e aflitos. O plenário, a Ré, o juiz, a velhinha, o seu filho, o sócio, o silêncio e as lágrimas dos mortos e das mães e mulheres desses, todos procuraram a face de Deustodo.

Sentindo ainda mais frio do que na madrugada anterior, pálido, Deustodo Poderoso assentiu:

— Sim, em meu nome, mas não comigo. Não pude evitar, não havia meios. Usaram-me sem meu consentimento. Alguns diretores da empresa se entusiasmaram com a acusada, tenho que confessar. Setores de minha empresa se deixaram levar pela pregação e prestaram apoio logístico e espiritual. Não fui eu, foram eles.

— Covarde! — Ré Volução gritava entre gargalhadas. — Assuma teu quinhão, aceita tua culpa. Covarde!

— Ordem, ordem. Mantenham-se em silêncio. Não vou mais permitir manifestações destemperadas como essa. Considerem-se alertados. A próxima manifestação será respondida com ordem de prisão imediata por desacato. — Fato reassumia o controle da sessão.

— Protesto, Meritíssimo. Se a promotoria tinha indícios suficientes para indiciar um dos jurados como cúmplice da acusada, ele deveria ter se pronunciado durante o interrogatório inicial. — Sempre Passional foi direto na jugular.

— Aceito. — Sem que ninguém notasse, Fato transpirava ansiedade por todos os poros, devidamente cobertos com a toga protocolar.

— Meritíssimo, não é intuito da promotoria acusar outrem, nem questionar a idoneidade de membros do júri. É nossa intenção, única e exclusivamente, caracterizar que, sob bandeira genérica e inócua a priori, a acusada e seus seguidores estabeleceram um sistema de repressão e perseguição sistêmicas e indiscriminadas que funcionava à margem e sem obedecer a nenhum princípio mínimo de decência, ética e legalidade. Apoiando-se em alguns setores da empresa do jurado Deustodo Poderoso, criou-se um culto exótico e próprio, voltado ao beneplácito de poucos, contra as aspirações de felicidade e justiça da vasta maioria da população. Mas o papel desempenhado pelo jurado em questão — Acuso apontou o indicador incriminador para Deustodo — não tem a menor relevância diante da magnitude histórica deste julgamento.

— Prossiga então, senhor promotor. — Fato foi incisivo.

— Pois bem. Os anos foram passando. A promessa inicial das **Cinco*Estrelas** de tirar o país do caos político, econômico e social não se concretizou. Pelo contrário. A cada dúvida, a cada crise, a cada encruzilhada, um novo ato de exceção se seguia. A cada esperança perdida, mais uma centena de desaparecidos. Aos poucos, o país começou a ser empenhado e vendido aos grandes conglomerados internacionais, sempre em cerimônias muito festivas, transmitidas pela TV Estatal.

"Nessa altura, a resistência popular, inicialmente débil, se organizou e passou a incomodar o regime. Alimentada pelas massas de famintos, a guerra de libertação eclodiu nas cidades, na periferia, no campo. Como resposta, nos porões das câmaras de tortura e execução, palavras torpes como presunto, anjinho, maquininha, cadeira do dragão, pau de arara, telefone sem fio começaram a ser ouvidas frequentemente, enquanto os inquisidores davam continuidade à sua cruel rotina de empalar, salgar, aniquilar, massacrar, defenestrar, assassinar e, perdido num ritual macabro sem fim, exterminar de vez todas as memórias e a crença de que a busca da utopia é possível.

"Dos porões surgiram as entidades de extermínio que todas as noites vasculhavam os subúrbios das cidades em busca de uma nova leva fresca de futuros desaparecidos e mortos. E, se não bastasse a institucionalização do terror, a cada ano mais e mais crianças morriam em condições de miséria profana. Por toda parte, em todos os cantos, se ouviam apenas as lamúrias, as ladainhas de fome e sofrimento que compunham o único enredo de vida conhecido por milhões de esquecidos.

"Animada com os resultados, progressivamente a acusada atentou contra a existência de cada um de nós, sorrateiramente, microscopicamente, ao censurar cada conversa, cada sussurro, cada encontro, cada pensamento, cada sinapse. E assim, ao instituir o medo atroz e generalizado como o único e verdadeiro elo de comunicação com um povo já quase transparente, Ré Volução baniu a esperança. Por decreto!

"Daí, bastou um último suspiro para que se calassem os poetas, se abortassem os primogênitos, e toda a gente se resignasse a falar apenas com os olhos. Foi assim que, na sua ânsia de destruir todos que a ela se opunham, a dita Ré Dentora cometeu um erro fatal. Pois, ao nos encurralar na beirada do precipício, no limite do beco da vida, ela nos mostrou que a única existência aceitável seria aquela dedicada à fuga, à resistência, à revolta, em todos os níveis, a qualquer custo, até o fim.

"Senhores do júri, estes são os argumentos, e esta é a razão pela qual a promotoria vem à sua presença, neste último Tribunal, exigir a condenação unânime e inequívoca de Ré Volução, por todos os seus crimes, contra todo um país e contra cada um de nós. Não nos resta alternativa viável. Não existe outro percurso a seguir. Pois só com esse simples, mas decisivo, ato de justiça na quarta-feira uma nova nação poderá emergir das cinzas deste Carnaval."

CAPÍTULO 6

O PIERRÔ E A COLOMBINA

Quem esperava uma salva de palmas, ovação de pé, gritos de bravo ou qualquer outra manifestação de ufanismo ficou decepcionado. O silêncio glacial dominava a expectativa de todos os presentes. Atenta, a plateia dirigia seu olhar coletivo para o mundo que ficava além do pôster das coxas roliças da morena que cobria a janela principal do auditório do Tribunal do Júri. Do topo do seu poleiro, Fato demonstrava ansiedade. Todo o corpo de jurados, abstendo-se de continuar consolando Deustodo Poderoso, dava sinais de estresse precoce.

Antes que qualquer coisa pudesse passar, cada personagem tomou suas devidas providências.

A velhinha do tricô trocou de carreira.

O estudante Punho Cherrado ajeitou a boina vermelha.

Ré Volução, quase aturdida, sentiu-se levemente acuada.

E, nesse contexto de apreensão coletiva, o evento se deu.

Como nunca se tinha visto num sábado de Carnaval, o estrondo percorreu todos os cantos do país. Anos depois, muitos relataram que o som parecia ser um grito de bicho mortalmente ferido, doído, sibilante, contínuo. A outros pareceu o ruído surdo de uma grande queda, originada no alto de um arranha-céu de arquitetura pós-modernista e concluída no meio-fio da avenida da indigência. Contrariando as leis da física, depois do som veio o brilho, como se o próprio sol tivesse explodido e se transformado numa supernova. Surdos e cegos, ninguém arriscava produzir um murmúrio sequer, com medo de que a próxima função neurológica a ser perdida fosse a fala.

Depois de alguns minutos de arrebatamento, os habitantes do Fórum começaram a trocar olhares que pareciam perguntar:

— Será possível? De novo?

As suspeitas mudas foram confirmadas pouco depois, quando o silêncio que tomou conta do país e impôs um recesso ao Carnaval foi quebrado por uma nova transmissão extraordinária da Rádio Estatal. Sem muita firula, o narrador oficial anunciava:

— ... o falecimento repentino da ***Estrela*Legisladora***, vítima, possivelmente, da mesma epidemia que atacara, poucas horas atrás, a ***Estrela*Governante***. Neste momento, todo o estafe médico palaciano se empenha, em colaboração próxima com as forças de segurança da nação, em localizar a fonte geradora desse perigoso vírus subversivo, que apresenta um misterioso tropismo para com as excelsas ***Estrelas*Mandatárias***.

"O poder constituído vem a público, no entanto — continuava o locutor —, para garantir que a situação está sob total controle em todo o território nacional, e que as ****Três*Estrelas****, autoridades máximas do regime, anunciam a extensão do luto oficial pelo restante do Carnaval. Dessa forma, sugerem que em cada salão de baile, cada desfile de rua e cada lar do país respeitem um minuto de silêncio pelo trágico desaparecimento das duas ****Estrelas****. Ordenam também que, em cada um desses recintos, e em todos os outros muquifos onde se toque uma marchinha de Carnaval, seja escolhido um elemento contrarrevolucionário para participar das homenagens fúnebres que serão organizadas em todo o país para celebrar a memória dos feitos das líderes tombadas em circunstâncias tão degradantes. A caixa postal para telegramas de pesar continua sendo a mesma. Atendendo a pedidos dos familiares de ambas ****Estrelas****, fica adiada por algumas horas a cerimônia de cremação da ***Estrela*Governante***, bem como a apresentação do Balé do Desbunde, formado por elementos reabilitados pelo regime, até que o esquife contendo a mais nova mártir possa chegar ao Panteão dos Heróis da Nação, sua última morada, para uma cerimônia unificada. Tal adiamento também possibilitará que todos os elementos contrarrevolucionários, selecionados país afora para participar da cerimônia, cheguem à mesma caixa postal para onde podem ser enviados os telegramas de condolências, e lá desempenhem papel de grande destaque na salva de vinte mil tiros determinados pelas ****Três*Estrelas****, autoridades máximas do país. Na quinta-feira, o folião se recolherá."

Com isso encerrava a transmissão o repórter Amoral Nato (primo em primeiro grau do médico Indecente Nato, que servia a Corte), da Rádio Estatal.

Tão logo terminou o anúncio extraordinário, o Meritíssimo Fato decretou um recesso de quinze minutos. De acordo com o repórter presente no Tribunal, as palavras usadas pelo senhor juiz foram estas:

— A sessão está suspensa por quinze minutos para que todos possam se inteirar da situação. Senhores advogados, por favor, se dirijam à minha sala para uma reunião rápida de planejamento.

Assim que o presidente do Tribunal e os representantes da promotoria e da defesa deixaram o auditório, a plateia explodiu numa tempestade de cochichos, mexericos, fofocas e demonstrações de paúra aguda. Muitos, ainda abobados com os acontecimentos, pareciam zumbis, andando a esmo pelo recinto.

Discursos inflamados começaram a pipocar nos diferentes aposentos do velho Fórum. Por toda parte, logo que alguém subia em alguma peça de mobília transformada em púlpito, podiam se ouvir os aplausos, as vaias e as manifestações de júbilo que se seguiam às intervenções improvisadas de um povo que começava a readquirir a prática de revelar em voz alta uma enxurrada de sentimentos reprimidos nos últimos anos. Era como se, dentro daquele Fórum, todos já se sentissem protegidos e longe do alcance dos tentáculos do regime. Sem muita explicação, o medo que havia tanto tempo aprisionara os pensamentos e os atos daquele amontoado de ex-foliões – depois das duas desintegrações estelares – começava a derreter, como um bloco de gelo esquecido fora da câmara frigorífica onde deveria ter sido sepultado.

Quem poderia ter previsto que, em pleno sábado de Carnaval, naquele país tropical, centenas de pessoas começariam um processo de catarse coletiva que, a priori, ninguém saberia aonde iria terminar. Mas lá estavam eles, jubilantes, ouvindo os discursos de profetas aleatórios que pareciam emergir às dúzias do meio da turba.

O estudante Punho Cherrado, um dos mais exaltados, agora discursava para uma pequena multidão. Lendo trechos dos poemas do jurado A. Mando de Carlos Marques, ele empolgava a plateia. De longe, o poeta, agora jurado, agradecia os elogios com acenos da mão esquerda. Enquanto isso, Estalimperto Daqui se remoía de inveja. Mais pragmático, Funesto Jurocrata calculava os seus prejuízos caso o regime sofresse mais alguma inesperada perda. Primeiradama Kalker lamentava profundamente a diminuição do seu mercado de trabalho como o falecimento de dois dos mais cobiçados partidos do regime.

Lá fora, para surpresa dos jornalistas de todo o planeta que cobriam o Carnaval, a festa parecia ter perdido o seu elã. Nem música, nem confete, nem serpentina. No meio do choque provocado pelo estrondo que precedera o anúncio da Rádio Estatal, toda a gigantesca engrenagem humana que mantinha o Carnaval em perpétuo movimento havia saído do prumo e perdido o passo. Numa esquina próxima ao prédio do Fórum, a desolação que subitamente tomou conta dos carnavalescos era ilustrada pelo estado de quase prostração no qual um Pierrô e uma Colombina se encontravam, sentados lado a lado no meio-fio, este coberto de todo tipo de secreção e material orgânico de procedência desconhecida.

O Pierrô, vestido humildemente, assobiava quase em transe uma marchinha muito conhecida enquanto seu olhar destituído se perdia num horizonte longínquo, em busca de alguma explicação.

Sua acompanhante, a Colombina de subúrbio, parecia procurar refúgio e consolo em seguir com os seus próprios olhos a trajetória incerta daquele olhar de Pierrô.

Agora nos seus aposentos privativos com defesa e acusação, Fato Consumado procurava manter a calma ao examinar a situação de todos os ângulos possíveis, como o bom jogador de xadrez que fora desde os tempos de colégio. Baseado nessa análise, tão perspicaz quanto ligeira, a conclusão era clara: não importava de que ângulo olhasse a questão, sabia que todos os membros daquele julgamento estavam condenados! Simples assim.

De qualquer forma, era preciso manter a serenidade e, uma vez que o destino de todos já estava mais do que escrito na parede, relaxar e desfrutar das últimas horas de glória.

— Senhores, a situação é deveras volátil, e os cenários possíveis começam a se afunilar e convergir para um único desfecho. — Fato procurou tocar no nervo com luva de pelica.

— Ou seja, estamos todos condenados! — Acuso Nascerta sabia ler a mente do Meritíssimo como ninguém.

— Sim, doutor Nascerta, parece ser esse o melhor prognóstico. Apesar disso, ninguém é capaz de prever o que pode acontecer daqui para a frente. O mais provável é que soframos uma debandada da plateia. O grau de pavor deve ser tão alto que a grande maioria deve optar pelo refúgio em seus próprios lares, a qualquer custo. Fizemos o que foi humanamente possível. A decisão de continuar ou interromper os trabalhos está nas nossas mãos. Como os riscos cresceram de forma exponencial, eu não me sinto à vontade para tomar essa decisão sozinho e expor todos a represálias ainda mais graves. Todos aqui ouviram a mensagem cifrada do regime. Claramente, a epidemia somos nós, e "o vírus" que acometeu ambas as **Estrelas** nada mais é do que o produto altamente infeccioso deste julgamento. Contra a verdade aterradora que já foi revelada aqui não há nenhum antídoto ou tratamento. Hoje nós representamos a maior ameaça que o regime jamais enfrentou. Mesmo contido neste prédio, esse vírus, criado por uma mutação aleatória do destino, foi suficiente para abater duas das **Cinco*Estrelas**. Quem poderá prever o que a continuidade dos trabalhos vai acarretar daqui em diante? Eles sabem onde estamos e vão estar à nossa espera ao término do Carnaval.

— Eu não vejo alternativa, se já estamos condenados de qualquer forma. Eu voto pela continuidade dos trabalhos e dane-se o resto.

Por um instante, Fato Consumado se deu ao luxo de comover-se com a coragem do promotor Nascerta.

— Eu concordo com a análise do colega promotor. Hoje ou quinta-feira, não faz a menor diferença. No momento em que Vossa Excelência abriu os trabalhos desse julgamento, todos nós já estávamos condenados. Por mim, vamos em frente. Quem sabe se pelo menos a minha performance em prol da acusada pode ser levada em consideração e me garantir um indulto de Natal ou até um desterro mais confortável?

— Então está decidido. Vamos em frente — Fato Consumado decretou.

Depois de um aperto de mão e um abraço protocolares, os três se dirigiram às dependências sanitárias dos aposentos privativos do presidente do Tribunal para sacramentar o acordo da forma mais tradicional de confraternização masculina do país do Carnaval, na intimidade da pichorra.

De volta ao seu poleiro, depois de extensa lavagem de mãos, Fato foi surpreendido por duas petições inusitadas. A primeira – assinada por centenas de membros da Liga Feminista do Tribunal do Júri e do Sindicato dos Servidores Gays do Poder Judiciário – reivindicava a inclusão de pôsteres com nus masculinos, em paralelo às enormes fotos de mulheres peladas, por todas as janelas e portas do prédio do Tribunal. Fato, enrubescido até a medula, imediatamente delegou ao senhor May Rinho a solução do problema.

A outra petição, assinada por todos os empreendedores do Anexo I – responsáveis pela venda dos churrasquinhos de gato e outras guloseimas –, reivindicava espaço para veicular propaganda de seus produtos dentro do auditório principal do Tribunal. A alegação para tal pedido incomum advinha da abrupta queda nas vendas provocada pela confusão criada na plateia sobre a origem do odor abissal que preenchera a sala durante os primeiros minutos da apresentação do senhor promotor. Como muitos pensaram ser o famigerado odor gerado pelos artigos revendidos no Anexo I, o prejuízo financeiro e de imagem tinha sido incalculável.

Irritado com a preciosa perda de tempo, Fato imediatamente ofereceu a área atrás do banco onde se sentava a acusada como a única possibilidade de espaço para propaganda de churrasquinho.

Anos mais tarde, historiadores do regime veriam nessa proposta a revelação dos desejos subconscientes do Meritíssimo em relação à sentença a que deveria ser condenada a acusada.

Titubeantes, mas conformados, os empreendedores aceitaram a oferta e começaram a decorar a parede com magníficas imagens de espetinhos, *chichkababs* e o famoso churrasquinho de gato, tão conhecido, mas que nunca havia sido submetido a análise de DNA para comprovar de vez a espécie animal de sua origem.

Em meio a toda a comoção causada pela afixação da propaganda alimentícia, Fato notou de soslaio quando o senhor May Rinho e seus ajudantes começaram a distribuir pelas janelas do auditório enormes painéis contendo nus frontais masculinos dos mais variados. Colocados estrategicamente ao lado de vulvas e bundas exemplares, esses novos membros da decoração do Tribunal do Júri contribuíram decisivamente para amainar os ânimos daqueles que acusavam o julgamento de favorecimento chauvinista. Para todos os efeitos, com a união abençoada, acabara de ser decretada, sem corrimento de sangue, a democracia sexual do último Tribunal do Júri do país do Carnaval.

Uma vez que a ordem no auditório se reestabeleceu, Fato deu continuidade aos trabalhos.

— Senhoras e senhores do júri, todas as colocações feitas pela promotoria devem ser levadas em conta apesar dos últimos acontecimentos — Fato tentava remover pelo menos uma fatia do horror contido nos olhares dos jurados —, que não constarão da transcrição do julgamento devido à sua total falta de relevância jurídica.

Nesse momento, enquanto Fato concluía sua intervenção e todos se aprumavam em seus assentos para dar continuidade aos trabalhos, batidas na porta principal do Fórum ecoaram por todo o auditório.

— Eu disse que os *home* vinham atrás de nós!! — Eagora José gritou desesperado enquanto procurava a saída mais próxima.

O senhor May Rinho, ainda carregando pôsteres de nus masculinos para os quais não havia mais espaço, atravessou o auditório a toda velocidade, subiu no poleiro e cochichou no ouvido de Fato:

— Tem um monte de gente na porta, doutor Fato...

— Mas como, se hoje ainda é sábado?! Eles disseram que só viriam na quinta-feira.

— Mas não são gente do governo não, doutor Fato. São foliões, gente que estava acompanhando o Carnaval na avenida. Tem de tudo. Pierrô, Colombina, mulher nua, homem vestido de mulher e mulher de homem, tudo fazendo amontoado na porta principal. Eles querem falar com o senhor. Urgentemente!

— Não é possível, não no meio do julgamento. Não tem como.

— Doutor Fato, acho que o senhor não entendeu. Eles querem entrar no Fórum e participar do julgamento. Toda a fauna. Devem ser uns cinquenta. Eles só estão querendo pedir sua autorização. Não parecem querer atrapalhar o andamento do julgamento. Apenas se juntar à plateia.

— Entrar? Aqui? Cinquenta pessoas?!

— Isso, por volta de cinquenta. Posso deixar entrar?

— Mas como pode ser? Depois de tudo o que aconteceu hoje? Devem ser turistas ou bêbados achando que aqui tem algum baile. Só pode ser.

— Turista vestido de mulher, doutor? Ou outro, com a camisa da seleção e radinho de pilha no ouvido? Acho que não, doutor. Acho que eles são cidadãos do nosso país.

— Senhor May Rinho, eu preciso interromper a sessão e averiguar pessoalmente.

Fato não cabia em si. Gente querendo entrar, não sair em debandada, como ele havia esperado? O que teria provocado esse movimento espontâneo de adesão? Que força osmótica teria arrastado esse contingente anônimo para dentro do redemoinho que começava a se formar dentro do Tribunal do Júri? Era preciso checar isso pessoalmente, sem demora.

— Senhoras e senhores — disse Fato, dirigindo-se à plateia —, por motivo de força maior, uma vez que a minha presença é requerida na entrada do Fórum com urgência, a sessão está suspensa por mais quinze minutos.

— Não! Não mesmo! — disse uma voz que parecia vir do meio do público.

— Como? Quem ousa desafiar uma ordem direta minha no meu Tribunal? Senhor May Rinho, prenda imediatamente o responsável por esse desacato à autoridade judicial constituída!

— Não mesmo! — repetiu a voz.

— Doutor Fato, depressa, ou eles vão acabar derrubando a porta.

— Mas onde está o responsável por esse ato de insolência? — Fato encarava a plateia em busca do criminoso.

— Não e não! — O jovem de pé, no meio da assistência, não parecia nem um pouco intimidado pela reação do Meritíssimo. — Não e não. Estamos todos na mesma situação, no mesmo barco, companheiro juiz. Sem saída e sem futuro. Chega de tomar decisões por todos nós. O julgamento é nosso também, não apenas seu. Nem este prédio, nem este processo são suas propriedades privadas. Elas agora pertencem ao coletivo. Se quer interromper a sessão mais uma vez, apresente suas justificativas, exponha suas razões e ponha sua proposta de encaminhamento em votação do coletivo forense que agora assume a direção deste julgamento.

Aplausos efusivos explodiram por todo o Fórum. Do nada, o ruído da insurgência dos que permaneceram calados por tanto tempo começava a ser ouvido, justamente no Tribunal do Júri, de dentro para fora das entranhas do regime, devorando tudo que encontrava pela frente, inclusive a autoridade dominante do herói que os trouxera até esse momento histórico.

Era a insurreição brotando espontaneamente do nada.

A. Mando de Carlos Marques enxugava as lágrimas que escorriam da face como rios, enquanto G. Túlio Largas Brasil ouvia a tudo aturdido. Deustodo se punha a rezar, e Eagora José sorria, tomado pela emoção de ser parte de um momento épico, mesmo não entendendo muito bem o que ocorria.

Tendo caminhado para a frente do poleiro de Fato, Punho Cherrado começou a puxar refrões de protesto, muito conhecidos das passeatas do outrora poderoso movimento de resistência que havia sido devidamente dizimado pelas **Cinco** – presentemente reduzidas a **Três** – mandatárias do regime. Timidamente, os funcionários do Fórum, os jurados e até mesmo os empreendedores do Anexo I se uniram ao coro, entrando no ritmo dos slogans de outrora:

WELL, *WELL*, *WELL*, LUGAR DE ESTRELA É LÁ NO CÉU!

PRA QUE SERVE RÉ VOLUÇÃO, SE EU CONTINUO SEM TOSTÃO?

NO MEU NÃO, NO MEU NÃO, COLOCA O ARROCHO NA PRISÃO.

DOUTOR, EU NÃO ME ENGANO, MEU CORAÇÃO NÃO GOSTA DE TIRANO.

Enquanto a velhinha do tricô pedia a cabeça de alguém não identificado, Ré Volução acompanhava atentamente a balbúrdia que tomava conta do Tribunal.

De herói a vilão em poucos segundos, Fato agora perdia pontos a olhos vistos com a plateia. Naquele momento, qualquer atitude mais ríspida de sua parte seria um desastre. Fato, agora isolado, não tinha como resistir ao motim que se instalava e já ameaçava comprometer a continuidade do julgamento. Calculando que havia muito em jogo, ele considerou capitular.

O FÓRUM UNIDO JAMAIS SERÁ VENCIDO!

A audiência pegara o jeito rapidinho.

— Doutor Fato, a situação está tensa. O homem vestido de mulher está ameaçando cortar os pulsos com uma gilete se o senhor não permitir a entrada de todos.

— Um instante, senhor May Rinho. Eu tenho que controlar um motim antes de qualquer outra coisa.

Ré Volução começou a rir a plenos pulmões, com aquele seu uivo gelado e seco tão conhecido por todos os torturados do regime.

Surpresa com a reação, a plateia interrompeu a manifestação e parou para ouvi-la.

Dirigindo-se a Fato Consumado, ela disparou todo o seu fel:

— Viraram-se contra você, Meritíssimo? — transfigurada, a Ré mal continha o prazer.

Em voz baixa para garantir que a plateia não pudesse ouvi-la, a Ré se dirigiu a Fato:

— Todos sem rumo, sem saber que direção tomar. E depois esse bando de idiotas ainda se pergunta por que foi tão fácil tomar deles o poder de decisão. Mais fácil do que tomar o picolé de um bebê. São vira-latas, um bando de animais sem dono, ávidos por uma mão segura que os guie, mesmo que para isso tenham que aceitar a vida eterna na coleira.

A Ré, então, virou-se para o público:

— Só eu posso salvá-los do seu destino, esse que parece inexorável. Juntem-se a mim e garanto que serão bem tratados onde quer que tenham que cumprir suas penas. Libertem-me que pouparei suas vidas miseráveis e lhes darei o caminho da salvação.

— Cale-se imediatamente — Fato não resistiu ao desafio — ou será retirada do recinto e passará o resto do julgamento em sua cela. — Foi então que, sem que ninguém esperasse, Fato entendeu as novas regras e disparou sem hesitação: — Senhoras e senhores do coletivo forense, na qualidade de presidente da Corte, eu requisito a anuência do plenário para suspender a sessão e examinar o pedido de asilo político que nos encaminham cinquenta foliões acampados na porta principal do Fórum. Esse grupo pede permissão para se juntar a nós e passar a acompanhar os trabalhos como membros deste coletivo. Não sei quem eles são. Não conheço seus motivos, nem seus interesses, mas acho que merecem, ao menos, ser ouvidos.

Trinta anos de poleiro no Tribunal não haviam preparado Fato para aquilo. Agora tudo era novo. Diferente. Inédito. Nada de consumado. Documentários, realizados décadas depois, tentariam explorar a plasticidade mental que Fato exibira nesse momento decisivo do julgamento.

Seja como for, os refrões pararam.

Depois da surpresa inicial causada pela brilhante capitulação do Meritíssimo, veio a explosão da ovação! Fato reconquistara a admiração de todos com sua conversão instantânea ao movimento de democratização do Poder Judiciário, que, se não era mais parte da vida cotidiana daquele país tropical, reinava, agora ainda mais soberano do que nunca, dentro dos limitados, mas energizados, confins do território independente do Tribunal.

— Pois que entrem se quiserem! Que lhes seja explicado do que se trata o julgamento e que sejam convidados a se juntar a nós!

A proposta de Punho Cherrado foi aceita unanimemente por todos os presentes, e Fato foi autorizado a seguir falando em nome do coletivo.

Fato desceu de seu lugar e se dirigiu para a porta, levando na mão a chave da entrada principal. Ao cruzar o espaço à frente do corpo de jurados, estes lhe prestaram, de pé, uma singela homenagem e desejaram boa sorte. Logo a seguir, o Meritíssimo passou ao lado da acusada, que o desprezou. Já no meio do auditório, acompanhado do senhor May Rinho, chegou ao Anexo I. Passando por banquinhas, anúncios e toda sorte de imagens eróticas que continuavam a isolar o Fórum das cercanias, Fato chegou ao seu destino.

Foi uma caminhada histórica. Punho Cherrado o seguia de perto.

A plateia voltou a se sentar, deixando a cargo de seu novo representante a recepção aos visitantes.

— O que vocês querem? — Tenso, ainda sem abrir a porta, Fato inquiria os líderes do grupo.

— Entrar e participar do julgamento — respondeu o Pierrô, escolhido para negociar com o Meritíssimo.

— Vocês só estão bêbados ou perderam completamente o juízo?

— Somos cinquenta pessoas que querem se refugiar dentro do Fórum, nada mais. Queremos testemunhar esse julgamento.

— E o Carnaval? — A porta continuava fechada, e a chave, na mão direita de Fato.

— Acabou. Para nós, acabou. Ainda tem muita gente pulando na avenida, mas para este grupo acabou.

— Daqui não há volta, nem Madalena arrependida. Se entrar é para ficar. E as consequências dessa decisão, depois do Carnaval, podem ser devastadoras para todo o resto das suas vidas.

— Oh, meu — o homem vestido de mulher assumiu a negociação do lado de fora do Tribunal —, para de encher o meu saco e abre logo essa porta. Não tá vendo que nós queremos participar, apoiar, facilitar? Abre logo essa porta.

— Abro? — Fato consultou Cherrado.

— Por que não? Mais gente, mais apoio, mais dor de cabeça para as **Três*Estrelas**, mais testemunhas. Pode abrir, que nós garantimos a segurança.

— Está bem, vou abrir. — Fato destravou o ferrolho e abriu as portas de peroba. A seguir, comovido, apertou a mão do Pierrô e do homem vestido de mulher, que retribuíram, sorridentes. Como esperado, a foto, tirada pelo repórter estatal infiltrado no Fórum, seria muito explorada pelo regime depois do Carnaval.

Uma enxurrada de cores e formas invadiu o prédio do Fórum. Roupas exóticas e falta de roupas, tudo valia. Fantasias das mais variadas, cheiro de lança-perfume e de outros químicos vieram no rastro das cinquenta almas que se juntavam à plateia, recebidas com aplausos e assobios.

OH, OH, OH, AGORA FATO ARRASÔ — a bancada de compositores do Tribunal já tomava gosto pela arte de inventar refrões.

— Entrem e se acomodem. Sejam bem-vindos. Procurem um lugar no plenário. Objetos pessoais podem ser deixados no Anexo. — Fato distribuía ordens e retomava o pulso da situação.

Dirigindo-se ao Pierrô, que ainda buscava uma cadeira, o Meritíssimo tentou dirimir a sua última dúvida crucial.

— Agora que vocês já entraram, pode me contar a verdadeira razão dessa invasão?

— Doutor Fato, não é? — O Pierrô não parecia nada irritado com a insistência do juiz. — A maior parte do grupo estava pulando Carnaval num baile, aqui na vizinhança, quando de repente ouviu aquele estrondo. Eu estava na rua, não com eles. Mas daí foi saindo um, dois, dez, de repente eram cinquenta foliões aglomerados no meio-fio. Todos vieram falar comigo, talvez porque eu estava lá, deitado na calçada, e eles não tinham ninguém mais para perguntar. Antes que eu tivesse a chance de dizer qualquer coisa, o anúncio da morte da segunda *Estrela* começou a tocar nos alto-falantes espalhados pela rua.

— Sim, e depois?

— Quando a transmissão terminou, com aquela frase cifrada, de que, "na quinta-feira, o folião se recolherá", eles ficaram ainda mais perdidos. Um deles me perguntou se eu sabia o que estava acontecendo. Eu disse que não sabia com certeza, mas que desconfiava de que tinha algo a ver com o que acontecia aqui no prédio do Fórum.

— Mas por que você desconfiou disso?

— Muito simples. Nos dois episódios da morte das **Estrelas**, a luz que havia cegado todo mundo tinha partido daqui, antes de se espalhar.

— E então?

— Bom, os foliões perguntaram o que eu gostaria de fazer. Eu respondi que eu queria entrar neste prédio e fazer parte do que quer que estivesse matando as **Estrelas**, uma por uma.

— Para mim já basta. Seja bem-vindo.

Fato sentiu que algo muito especial começava a ser gerado dentro daquele prédio.

De volta ao seu poleiro, o juiz reassumiu a presidência do julgamento.

— A sessão está aberta... — Fato titubeou, mas seguiu em frente: — Com a permissão do plenário.

Durante os minutos seguintes, Fato continuou a instruir o júri, procurando esclarecer que, segundo acordo entre as partes, as provas, quaisquer que fossem elas, seriam apresentadas juntamente com o depoimento das testemunhas. Caberia aos jurados, nos próximos dias, ouvir apenas as considerações gerais, quer da promotoria, quer da defesa, desconsiderando qualquer outra manifestação externa, seja do regime, seja do desfile de Carnaval ou da assistência.

Como se tratava de uma situação por demais especial, antes de encerrar os trabalhos daquele sábado, Fato ainda distribuiu algumas instruções logísticas, tudo a fim de garantir um melhor funcionamento do Tribunal, considerando que a população forense aumentara significativamente nos últimos minutos.

Os jurados continuavam proibidos de estabelecer qualquer contato físico ou intelectual com outro membro do Tribunal ou da plateia.

Para preservar as condições sanitárias do ambiente, a plateia recebeu acesso a todos os banheiros do edifício, inclusive àquele originariamente reservado ao presidente do Tribunal e aos bacharéis. Por determinação da comissão de saúde pública do coletivo forense, certos produtos começariam a ser racionados a partir daquela noite, por exemplo, o papel higiênico, limitado a 13 cm/pessoa/dia.

Como acordado anteriormente, o estoque de pizza de alho do prédio seria imediatamente destruído. Ficava proibida toda e qualquer aglomeração diante das janelas, mais especificamente embaixo dos dispositivos gráficos de segurança instalados, numa tentativa de impedir a violação das imagens. Nesse instante delicado da fala de Fato, entre gracejos e risadinhas, surgiu o rumor de que Estalimperto Daqui dera o voto decisivo em prol da afixação dos pôsteres de nus masculinos por todo o Fórum.

Anoitecia no país tropical. Enquanto até mesmo o sol procurava um local apropriado para se recuperar do dia de folia, as ****Três*Estrelas**** apareceram, sem nenhum aviso, na tela de todas as TVs do país, em rede nacional, para convidar os habitantes e turistas em situação regular com o regime a participarem do desfile das escolas de samba do primeiro grupo, que começaria no domingo à noite e invadiria a madrugada. Na mesma mensagem, as **Estrelas** felicitavam a nação pela queda do consumo de combustíveis e pelo novo recorde nacional de ingestão mínima de calorias. Aproveitando a situação, anunciavam, ao vivo, o novo aumento no preço de todos os derivados do petróleo e mais um corte no salário mínimo.

Fim da transmissão.

A noite tomava conta do Fórum e de sua rotina.

Deustodo, mais calmo depois do dia intenso, recostava-se no seu já tradicional recanto. Estalimperto Daqui, ainda irritado com os rumores, procurava desmentir em seu diário que fora dele o voto decisivo a favor da inclusão de pôsteres masculinos por todo o Fórum.

G. Túlio Largas Brasil permanecia calado, distraindo-se com algumas marionetes. Funesto Jurocrata dava continuidade ao seu estudo sobre a melhoria da produtividade dos empreendedores do Anexo I.

A. Mando de Carlos Marques rabiscava poemas na parede, com uma caneta hidrocor. Eagora José continuava pensando por que é que tudo acontecia com ele nessa vida *mardita*.

Longe do grupo principal de jurados, Primeiradama Kalker a cada momento se parecia mais e mais com a verdadeira Colombina do Fórum. Enquanto arrumava a cama de campanha que substituiria o saco de dormir da primeira noite, ela se perdia em memórias.

Depois de colocar a fronha no travesseiro, espalhar o lençol e ajeitar a colcha, ela resolveu soltar os cabelos. Ainda era uma mulher muito linda, que chamava a atenção em qualquer ambiente.

Como na maioria das noites da sua vida, ela se deitou sozinha. Acomodou-se, puxou a colcha e deu início ao seu ritual. Lembrou das fotos espalhadas pelo auditório. Sorriu timidamente. Os rostos de todos os seus ex-companheiros, figuras de destaque do regime, começaram a fluir pela sua mente, como num filme. Lembrou das tantas manchetes de jornal cujas fotos ela ajudara a ilustrar, mas que jamais foram escritas por causa de atos puramente seus. Eram sempre daquele que ela acompanhava, por dever e contrato.

"Fulano de Tal decidiu tal coisa" era a manchete, e lá estava ela, sempre sorridente, na foto com o figurão. Cumprimentos, protocolos seguidos à risca, festas e recepções mundo afora, viagens e mais viagens, camas de hotéis, camas de palácios, camas das mais diversas. A única constante era a solidão, pois invariavelmente as camas eram frequentadas só por ela.

Sempre fora assim. Sempre o mesmo acordo. Aparências a cumprir, nada mais.

Até mesmo com a ***Estrela***. Tinha morrido como sempre vivera. Impotente. Quem diria que o seu fim seria tão trágico. Parecia tão forte, tão saudável. Conhecera-o ainda moço, ambicioso, em franca ascensão e em busca do poder que tanto almejava, a qualquer custo, não importando a quem ele precisasse destruir ou subjugar. E veja só como é a vida: de uma hora para outra, em pleno Carnaval, *kaput*!

Quando veio o anúncio da Rádio Estatal, ela nem acreditou.

Ainda perdida com seus pensamentos, lembrou-se de fotos com homens esculpidos a sol e academia. Desviou à força o pensamento de volta para as fotos oficiais, centenas de milhares delas, nas quais ela aparecia com destaque, sempre parecendo muito à vontade na presença de todos os ideólogos do regime. Será que o promotor traria alguma dessas fotos como prova? Teria chegado a sua vez de ser exposta ao ridículo, como Deustodo? Ou pior: poderia ela ser vítima de retaliações vindas da plateia?

Que momentos aterradores ainda estariam por vir? Que espetáculo havia sido ver aquele senhor idoso, de longas barbas brancas, tentando se justificar perante a turba! Todos sabiam que Deustodo havia sido próximo da Ré. E o que ele recebera em troca? Mais humilhações, em público.

Será que o promotor tinha de fato alguma foto sua? Claro que tinha, como não teria? Elas estavam em todo lugar, como as daqueles rapazes dotados, lindos, agora espalhadas por todo o Fórum.

Era melhor se preparar, pois ela teria que se defender de alguma maneira. Mas o melhor seria não se estressar. Se a promotoria trouxesse alguma foto dela, Primeiradama apontaria, deixe-me ver, apontaria para uma das imagens da parede? *Nossa, que tesão.*

As ****Três*Estrelas**** deviam estar ocupadas, e as suas "primeiras-damas" provavelmente estariam como ela agora, sozinhas, em suas camas de lençóis de seda e travesseiros de pena. Será que elas também estariam vendo fotos? Não as fotos que o promotor poderia ter em sua posse, mas fotos como aquelas, no Fórum?

Primeiradama Kalker puxou mais a colcha para perto de si. Era proibido falar com qualquer pessoa, até com os outros jurados que agora dormiam, não muito longe dela. Nunca dormira tão perto de tantas pessoas ao mesmo tempo. Nem de tantos falos, quer dizer, *sábios*.

A imposição do silêncio não a incomodava em nada. Sempre fizera tudo sozinha.

Assim, tão naturalmente como em tantos outros momentos como esse, Kalker deu início à sua "reza". Com movimentos ágeis e bem ensaiados por uma vida de solidão, removeu a calcinha de renda e a levou, ao ritmo do samba que penetrava em todo o Fórum, com um dos pés até a beirada da cama. A expressão samba no pé ganhava uma interpretação até então inédita naquele país tropical.

Sentindo-se já livre de qualquer empecilho, Primeiradama abriu levemente as pernas torneadas e começou a se tocar com o dedo indicador já bem umedecido de saliva. Pensou nos falos, nos olhares insinuantes que lhe dirigiam os machos dos pôsteres durante todo o dia, como se quisessem devorá-la em pleno chão do Tribunal. Prosseguiu segura do ritmo já conhecido de outros carnavais e logo começou a sentir os poros se abrindo, a respiração acelerar. De mamilos já rijos, liberou os seios da prisão do sutiã francês e imaginou aqueles homens nus brotando das paredes e caminhando em sua direção, todos ao mesmo tempo.

Mesmo sabendo que todos ao seu redor podiam ouvir seus gemidos abafados, continuou sem remorso ou vergonha. Não devia nada a ninguém. Era uma mulher sozinha e livre. Que lhe viessem todos os membros, que fossem seus, mais uma vez, todos aqueles homens maravilhosos. E, por que não, algumas das mulheres também: elas já se uniam à primeira leva e se aproximavam, com os lábios entreabertos e os corpos cheirando a prazer.

Faltava pouco. Agora, quem sabe, poderia finalmente conseguir uma manchete de jornal só para si, por algo genuinamente feito com as próprias mãos.

Quando as ondas de desejo que emanavam do vão das suas pernas aumentaram de ritmo e começaram a se espalhar por todo o seu corpo bronzeado, o clímax chegou de supetão.

Primeiradama Kalker gozou como havia muito não gozava. Mais forte, mais barulhenta. A consciência de que era observada por muitos pares de olhos daquele Tribunal do Júri só fez aumentar o seu prazer. Por causa disso, foi mais barulhenta do que de hábito. Cravou as unhas mais fundo na própria carne. Grunhiu e viu estrelas.

Não **Aquelas**, mas outras. Milhares delas.

Então, fechou os olhos, virou de lado e, mais uma vez, como tantas outras vezes, se conformou com a ausência de qualquer Pierrô ao seu lado.

CAPÍTULO 7

O ARLEQUIM

Um verdadeiro furacão. Essa era a única forma de descrever a sequência de pesadelos que soçobravam o sono do presidente do Tribunal do Júri, o nosso calejado herói, Meritíssimo Fato Consumado. Totalmente exausto, ele colapsara no divã improvisado como cama e permitira que suas ondas delta, recheadas de fusos, o conduzissem a um prolongado episódio de sono REM, durante o qual a mente de Fato se ocupara em registrar o surgimento de centenas de rostos estranhos, agonizantes, que teimavam em invadir os seus pesadelos madrugada adentro. Por trás desses rostos, muita gente aos berros, e, em línguas diferentes, súplicas para que Fato permitisse a entrada em algum lugar desconhecido, mas de onde ele sabia não haver volta. Mesmo tentado a permitir a entrada de boa parte desses celerados, senão por compaixão, pelo menos como uma forma de retornar ao seu repouso merecido, Fato, sempre pragmático, não conseguia achar a chave do portão metálico que, atrás de si, permanecia cerrado e imóvel.

De repente, ao retornar os olhos para a multidão que o cercava e gritava ainda mais, Fato entendeu a razão de todo aquele desespero. A distância, podia-se ver claramente que o mundo ao redor estava em processo de decomposição acelerada. Chamas recobriam prédios que desabavam, pontes despencavam e ruas se esfacelavam como resultado de um aterrorizante tremor de terra, que devastava, entre outros, o que outrora fora o principal cartão-postal daquele país tropical. E, no meio de todo esse apocalipse, perdido num tufão de gritos de morte, Fato vasculhava os bolsos em busca da maldita chave, que provavelmente deveria estar na posse do senhor May Rinho.

Do meio das crateras que surgiam na avenida principal à sua frente, corpos sem rostos emergiam das profundezas da Terra, anunciando o final dos tempos. Num pico de angústia incontrolável, Fato violou o último bolso ainda não explorado em busca da chave salvadora. Mas não houve tempo; uma rajada de luz violeta o atingiu no meio das máculas de seus olhos, e, sem mais nenhum milissegundo disponível, Fato fez o que qualquer mortal nessa situação faria: ele acordou aos gritos. Envolto numa película de suor carnavalesco. Quase sem ar.

No primeiro segundo de incerteza, no sobressalto desse parto a fórceps de consciência, Fato deu-se de frente com os treze centímetros de papel higiênico (sua quota diária) depositados no criado-mudo. Essa era a prova, a certeza cabal de que voltara ao mundo real e de que permanecia vivo. Em seus aposentos privativos e mais desperto, o Meritíssimo subitamente se deu conta de que os gritos dos seus sonhos ainda pareciam rodear o mundo escurecido que o circundava. Ainda atordoado pela comoção do último instante do pesadelo, Fato sentiu uma corrente de ar trazer um frio suspeito para aquela época do ano. Seria outro sonho? Não, não podia ser; a consciência plena já chegara e tudo agora era fato – o substantivo, não o nome próprio. Mas, então, de onde poderia se originar tal corrente de ar se todas as portas, janelas, vitrôs e buracos de rato estavam estrategicamente recobertos e lacrados? Por onde poderia ter entrado esse filho bastardo atmosférico, em pleno verão tropical?

De um pulo só, como era seu hábito desde garoto, Fato se pôs de pé. Resoluto, ainda encharcado de suor, vestiu por sobre o pijama de bolinhas o roupão verde e branco que lhe fora presenteado pela Associação dos Magistrados, abriu a porta do gabinete e seguiu a corrente de ar até a sua origem. Atravessando em marcha acelerada o auditório e o Anexo I, deu de cara com a fonte do *jeststream* forasteiro.

Alguém deixara a porta principal do Fórum entreaberta.

De posse do seu legendário olhar de lince forense, sempre alerta para recolher evidências que incriminassem o responsável pela invasão e provável furto qualificado (artigo 167 do Código Penal), Fato alcançou a maçaneta da porta e, ao preparar-se para fechá-la, vislumbrou o criminoso, em flagrante delito, ainda com a boca na botija.

Cercado de uma multidão, o senhor May Rinho distribuía senhas e recolhia contribuições de rolos de papel higiênico dos foliões que organizavam a fila na calçada do Fórum. Seguindo o chamado do escrevente, estrategicamente posicionado na escadaria da entrada principal, lendo a lista de números premiados, um a um os foliões contemplados com "o bilhete da sorte" entravam no Fórum, sorridentes e animados, cruzando o campo visual daquele juiz de estância especial, titular de vara, que se mantinha imóvel, paralisado pela perplexidade.

Por um instante, Fato argumentou consigo mesmo que talvez tivesse sido melhor permanecer inconsciente e, portanto, inimputável dentro do seu último pesadelo do que ter que lidar com mais essa situação. O fim do mundo parecia um lugar mais aprazível a essa altura.

— Que diabos está acontecendo aqui, senhor May Rinho? Eu havia lhe dito que não abrisse a porta em nenhuma hipótese! — Fato mal podia mascarar a indignação que tomara conta de cada uma de suas células judiciárias.

— Doutor Fato, o senhor me perdoe, mas não teve jeito, mesmo. Estavam começando a esmagar o pessoal da primeira fila contra as paredes do prédio. Podia ter morrido gente. Todo mundo só queria participar do julgamento. Já cadastrei mais de quinhentos e, no processo, consegui mais de mil rolos de papel higiênico de alta qualidade. Empreendedorismo e inovação a serviço do sistema judiciário nacional.

— Senhor May Rinho, contenha-se ou o senhor será o primeiro a estrear um dos rolos de alta qualidade na nova cela do porão, bem ao lado da acusada.

Enquanto Fato soltava os proverbiais cachorros penais sobre o senhor May Rinho, famílias inteiras entravam no Fórum e se acomodavam da melhor maneira possível. Antes de entrarem no Tribunal, essas pessoas de todas as classes, cores e credos deixavam para trás tudo aquilo que as ligasse às vicissitudes da vida sob a égide das ****Estrelas****. Como resultado, instantaneamente se formava ao lado da entrada principal uma pilha contendo centenas de carteiras de identificação individual, centenas de livros de bolso – o famoso *Código de Conduta Nacional,* entregue ao nascer e que deveria ser portado pelo cidadão até o final da vida, mesmo durante o coito, intervenções cirúrgicas, velório e enterro do sujeito –, bem como outros objetos pessoais, como fantasias carnavalescas, caderninhos de endereços, vales, cartelas do jogo de azar mais popular do país, precatórios, papagaios bancários, talão do IPTU, conta da TV a cabo, PIS/Pasep, INPS, intimações, mandados de prisão, convocações para o serviço militar, certidões de casamento, certidões de óbito, certidões de divórcio e até mesmo um considerável número de próteses dentárias, olhos de vidro, pernas mecânicas, seios de silicone e perucas. À primeira vista, parecia que o bloco de foliões encarava a passagem pela porta do Tribunal como o limiar para o início de uma nova vida, em que, munidos de uma nova identidade, todos os seus males seriam curados e todas as privações pregressas seriam recompensadas com a salvação eterna.

Deustodo Poderoso certamente está por trás disso, pensou Fato. Tal hipótese, porém, não sobreviveu à análise dos dados empíricos e teve que ser abandonada logo a seguir, a contragosto, e apenas porque a ausência de rastros ou vestígios sobressaiu à suspeita e ao faro de jurista do nosso herói. Adepto de carteirinha, desde os tempos de faculdade, do movimento conhecido como "judiciário científico", uma corrente filosófica do direito penal moderno que conferia primazia aos achados da perícia e pesquisa de ponta forense para construir qualquer peça acusatória, Fato orgulhava-se sobremaneira quando os seus casos mais escabrosos eram desvendados pela astúcia de um dos peritos forenses da sua Corte ou pelo emprego de uma nova tecnologia, mesmo que essas conclusões invariavelmente fossem de encontro ao seu próprio instinto.

— Pois que entrem, se não há como contê-los, mas feche a porta novamente assim que amainar o fluxo. Finda a crise, volta a valer a instrução inicial. Mantenha as portas lacradas e só as abra com autorização expressa e em três vias do Tribunal. Já estamos no limite da nossa capacidade de funcionar dentro de condições sanitárias mínimas.

— Sim, senhor. — May Rinho tentava dissimular suas verdadeiras intenções.

Como era possível isso? Mais gente? Fato, atordoado, voltou aos seus aposentos e tentou reencontrar o fio da meada do sono, perdido em algum lugar das profundezas do seu tálamo.

Domingo amanheceu sem pedir desculpas a ninguém.

Na ampla avenida onde se localizava o Tribunal, operários uniformizados davam os últimos retoques nas enormes arquibancadas que haviam sido montadas para receber o público que assistiria ao início do principal desfile carnavalesco mais à noite. Parecia que a má sorte seria total, pois a previsão do tempo indicava chuvas, trovoadas e aparições de luzes estranhas durante toda a noite. Por esse último gracejo, toda a equipe meteorológica da Rádio Estatal fora imediatamente conduzida ao exílio nos mares gelados do sul do continente. Até hoje, suas transmissões do complexo das ilhas Mellwinas são muito apreciadas.

Dentro do protocolo aceito pelas partes, finalmente havia chegado a vez de a defesa se pronunciar. Tarefa árdua, não há dúvida.

Sempre Passional, todavia, tinha o hábito de brilhar nas condições mais adversas e precárias. Esse era o terreno e o clima ideal para suas aptidões de criminalista, afiadas e buriladas durante décadas de militância no campo de batalha – ingrato, mas sagrado e deveras bem remunerado –, onde abundavam homicidas não intencionais, esquartejadores por amor, genocidas incompreendidos, traficantes de armas órfãos, banqueiros repetentes do jardim da infância, magnatas mafiosos mal-amados e políticos corruptos motivados pelo bem do povo. Mesmo com a ficha corrida de serviços prestados aos maiores pulhas da nação, nada se comparava com a missão que Sempre Passional teria pela frente naquele dia.

Naquela que provavelmente seria a sua última entrada em cena, o seu último entoar de ladainha, o seu derradeiro escorrer de escusas profissionais, Passional teria que dispor de todos os seus talentos... que não eram poucos, diga-se de passagem.

Enquanto enchia os bolsos do casaco com as tradicionais fatias de cebola crua, muito úteis para induzir cachoeira de lágrimas no momento crucial do seu pleito apaixonado em favor da inocência dos seus veementemente culpados clientes, Passional ajeitou a gravata, vestiu o paletó salpicado de caspa artificial e punhos puídos, encarou-se no espelho trincado do banheiro da defensoria, e, resoluto, entregou todo o resto à providência divina.

A situação sanitária do Fórum, como era de imaginar, atingiu um ponto crítico com a adesão de meio milhar de ex-foliões na madrugada de domingo. Não havia mais lugar para ninguém dormir, a não ser em posição fetal. Faltava água, desodorante, cotonete, e todos os banheiros começavam a atingir o padrão de qualidade geralmente reservado aos estádios de futebol da nação em dia de clássico. A despeito do influxo de um grande contrabando de rolos de papel higiênico, cuja fonte fora aqui esclarecida, a quota per capita foi drasticamente reduzida a 4 cm/pessoa/dia. Essa medida drástica permitiu a instalação de um incipiente, mas deveras lucrativo, mercado clandestino da mercadoria, controlado, diziam os rumores, por ninguém menos que o próprio senhor May Rinho.

Isso tudo ainda no domingo de manhã.

De certa forma, no atual andar da carruagem, o regime não precisaria de muito para desmantelar, na quinta-feira, aquele enclave subversivo. A essa altura, munidos de informações privilegiadas transmitidas pelo repórter da Rádio Estatal e do narrador, ex-funcionário da rede Trim Plim, a piada vigente nos corredores do regime era de que a simples oferta de um rolo completo, *double*-suave, de cinquenta metros de papel higiênico estatal seria suficiente para qualquer membro do Tribunal do Júri esquecer as divergências ideológicas e desertar.

Os comerciantes do Anexo I deleitavam-se com o aumento repentino dos negócios e já mergulhavam fundo nos seus estoques para dar conta da nova demanda. Sem dúvida alguma, a consultoria paga de Funesto Jurocrata funcionara de forma impressionante. Assim, as maravilhas da economia de mercado eram laudadas a quatro ventos no restrito mundo do Anexo I.

Afora essas pequenas distrações, a essa altura os trabalhos do Tribunal estavam por se reiniciar, com uma avaliação das condições internas do Fórum.

— Independentemente das condições sanitárias precárias, não podemos impedir a entrada daqueles que querem acompanhar o julgamento. — Punho Cherrado tomava a iniciativa do debate e expunha seu ponto de vista de forma veemente, como sempre. A velhinha do tricô, em solidariedade, aplaudiu discretamente, enquanto perguntava ao seu vizinho quando iriam começar as execuções.

— Mas não existem meios para dar conta de qualquer outro influxo de gente. Passamos do limite há muito tempo. — Outro membro da plateia, anônimo, tentava incutir algum bom senso no coletivo.

— Não e não — Cherrado continuou. — Hoje começa o desfile principal. Provavelmente o influxo será mínimo. Temos que permitir o acesso àqueles que queiram se juntar a nós. Este não é um julgamento comum. Muita coisa está em jogo, mais do que qualquer um de nós pode avaliar. Sacrifícios como esse são inevitáveis quando se busca a verdade. E todos aqui querem conhecer a verdade. Não é mesmo?

Centenas de cabeças fantasiadas concordaram de imediato com a liderança emergente.

Sentindo que o momento era propício para o encaminhamento, Fato Consumado colocou a proposta em votação e presidiu sobre a decisão quase que unânime do coletivo de dar continuidade aos trabalhos como originalmente proposto. No meio da celebração pelo resultado da votação, ninguém conseguiu antever o que estava por acontecer, naquela que seria a primeira noite do desfile das escolas de samba do grupo especialíssimo.

— Passemos de imediato à ordem do dia. — Fato ignorou as palmas discretas da audiência e soltou o freio de mão com gosto. — Com a palavra, a defesa. Doutor Passional, por favor, continue.

— Muito obrigado, Meritíssimo. — Passional entrava em cena, engatando a primeira para decolar.

Sentada na cadeira dos acusados, com os cabelos despenteados e remela nos olhos, Ré Volução não parecia prestar muita atenção ao argumento do seu único defensor declarado.

— Senhora e senhores do júri, Meritíssimo, um dia após a tão apaixonada quanto desprovida de provas apresentação do meu caro colega da promotoria, distinto bacharel doutor Acuso Nascerta, a defesa vem a público, sem paixão, sem subjetivismos, sem panfletagem e sem revanchismo, expor a inocência de Ré Volução, esta mulher que foi presa sem acusação que se sustente, mantida em cárcere privado sem mandado de prisão e submetida a este julgamento sem que nem mesmo se produzisse um auto processual descrevendo quaisquer provas que justificassem a série de arbitrariedades cometidas contra os seus direitos de cidadã.

"Vale frisar, portanto, que, apesar de todas essas irregularidades processuais, a acusada e seus representantes se colocam diante dos senhores, provavelmente devido a uma mera tecnicalidade do Código de Combate ao Terrorismo contra o Estado (CCT-CE), que permite o indiciamento e julgamento de réus se estes forem suspeitos de crime de subversão, levante ou atos de traição contra a Pátria. Ironicamente, tal lei foi promulgada pela então autoridade vigente, as **Cinco*Estrelas**, e coassinada pela acusada. Creio que nem mesmo o distinto colega da promotoria tinha noção desse fato, uma vez que o decreto que promulgou o referido código nunca foi revelado ao público ou às cortes civis, tendo sido aplicado apenas em cortes secretas, subordinadas diretamente ao regime. Dessa forma, a defesa considera que o processo que se move contra a acusada só pode ser legitimado sob o espectro desse código, dito de exceção, por elementos da oposição. Ironicamente, dentro dessa tese, a acusada deveria ser considerada uma prisioneira política, e não uma ré comum, respondendo a crimes previstos no Código Penal.

"Além dessa requalificação fundamental, a defesa também submete ao Tribunal do Júri que a senhora Ré Volução, sentada no banco dos acusados graças a um ato arbitrário, sofreu um sem-número de injúrias e difamações que certamente caracterizam um atentado à sua honra e dignidade, além de terem causado nela um grave sofrimento, passível de produzir danos emocionais e traumas psíquicos incomensuráveis. Por tudo isso, e pelos danos pecuniários infligidos à minha cliente, bem como a perda da oportunidade da acusada de desfrutar plenamente das festividades do Carnaval em seu camarote especial, a defesa inicia a sua argumentação com uma moção requerendo a remoção de todas as acusações, exoneração completa da acusada e ressarcimento, por perdas e danos, a ser definido pela Corte."

Faltou ar para dar conta do susto coletivo desencadeado pela moção da defesa. Apesar de a ousadia e a impetuosidade de Passional terem sido recebidas com frieza mais que glacial por toda a plateia e pela presidência do Tribunal, todos se deram conta de que ninguém poderia acusar o advogado de defesa de falta de "*cojones* jurídicos".

O contragolpe, porém, não tardou.

— Doutor Passional, como o senhor bem sabe, desde o início dos trabalhos a defesa foi comunicada do porquê da ausência dos autos tradicionais, redigidos e públicos. A Corte já se manifestou sobre esse tema e não vê razão alguma para retomar essa linha de argumentação. Dessa forma, os membros do júri devem desconsiderar a tese de que a ausência desses autos pode servir como impedimento legal para a continuidade dos trabalhos. — Fato exibia toda a sua maestria, com exemplar tranquilidade. — Quanto ao novo e curioso argumento apresentado pela defesa, de que este é um Tribunal de exceção secreto, utilizando-se de mecanismos arbitrários, a presidência desta Corte não pode se furtar a registar a sua surpresa com a tese e a ironia da situação em que o ilustre colega colocou a sua cliente. Como o digníssimo bacharel mesmo reconheceu, tanto o Código de Combate ao Terrorismo contra o Estado como as cortes que supostamente o praticavam são, na melhor das hipóteses, secretas. Eu digo na melhor das hipóteses porque, de acordo com uma série de declarações oficiais feitas pelo regime, tanto para a mídia estrangeira como a nacional, bem como segundo documentos transmitidos às últimas autoridades do Poder Judiciário do país e à Corte Internacional de Justiça, que estão à disposição da defesa para seu escrutínio — Fato entregou ao senhor May Rinho um calhamaço de documentos endereçados a Passional —, essas cortes secretas nunca existiram. Dentro dessa lógica, este Tribunal não poderia representar poderes e cortes que não existem, não é mesmo, doutor Passional?

Enquanto Sempre Passional fingia examinar atentamente os documentos que o senhor May Rinho acabara de lhe entregar, Fato moveu a rainha para o xeque-mate.

— Assim, para comprovar a sua acusação, a defesa teria que inicialmente apresentar provas concretas que corroborem a sua própria alegação de que tanto o código como as cortes que o aplicavam, na realidade, foram instalados ilegalmente pelo regime e seguem funcionando à margem do Estado de direito e da supervisão do Poder Judiciário, até este momento. Nesse caso, como a defesa alega que a acusada participou tanto da edificação como da promulgação de tais atos espúrios e contrários às normas jurídicas do país e do direito internacional, a acusada teria que ser indiciada em uma série de novos crimes, alguns dos quais passíveis de extradição para a Corte Internacional de Justiça, visto que qualificáveis como crimes contra a humanidade.

"Finalmente, vale ressaltar que um Tribunal que oferece a seus acusados um júri popular, o direito assegurado de defesa por representante legalmente constituído, uma audiência pública, incluindo membros da imprensa, e o direito, estendido aos seus conselheiros legais, de examinar e refutar eventuais provas oferecidas pelo Estado está muito longe de ser considerado uma Corte secreta com poderes de exceção. Aliás, diga-se de passagem, os direitos assegurados à acusada neste Tribunal em muito excedem aqueles que o regime que ela representa se dignou a disponibilizar aos seus opositores. Sendo assim, qual é o curso que a defesa pretende seguir, doutor Passional?"

Com seus olhos esverdeados, agora esbugalhados, como que indicando que o caminho para o precipício dos infernos jurídicos estava ao alcance do nobre colega da defesa, Fato, com sua já conhecida fala mansa, tratou de cravar o último milímetro de jurisprudência e bom senso por todo o córtex pré-frontal do distinto bacharel, como se ambos definissem a amálgama da lâmina de um punhal tão atraente quanto mortal.

A bola retornava à quadra da defesa, aumentando significativa e repentinamente a temperatura daquela manhã de domingo. A breve hesitação de Passional em responder ao ultimato de Fato só elevou a tensão da plateia, que mal conseguia se manter em seu lugar. Depois de uma breve conferência com seus associados, Passional anunciou a decisão.

— A defesa agradece imensamente à presidência do Tribunal por sua valiosa exposição de alternativas e pela sua defesa em prol dos direitos da acusada. A defesa acata os argumentos sensíveis expostos por Vossa Excelência. Sendo assim, ela remove o pedido de moção e dará continuidade à sua apresentação.

Sabendo quando interromper uma luta inglória, Passional capitulou sem demonstrar nenhum resíduo de arrependimento pela investida. Profissional na arte de esconder as suas emoções verdadeiras – se é que alguma vez as teve –, ele seguiu em frente como se nem o embate nem a derrota houvessem transcorrido.

— Sigamos, então, a trajetória da peça acusatória apresentada pelo excelentíssimo representante da promotoria. Antes de mais nada, porém, é preciso abandonar o jogo de cena e deixar de marolas. Como foi notoriamente exposto durante a fase de arguição dos candidatos, todos os membros do júri conhecem perfeitamente a trajetória de Ré Volução, uma figura pública.

"Como também deve ser de conhecimento de boa parte deste Tribunal, e de todo o país, Ré Volução surgiu como resultado de uma gestação política mais prolongada do que o normal, uma vez que o processo fora postergado por inúmeras outras tentativas fracassadas, embora muitos setores da vida nacional fossem favoráveis à sua concepção, efetuada de forma secreta. Diga-se de passagem que os setores envolvidos no processo são os mesmos que sempre defenderam esse tipo de solução para os problemas estruturais do nosso querido país. Todavia, o ato em si foi adiado para um momento mais propício.

"E assim, depois de muitos anos de tentativas frustradas, quase como resultado de uma inevitabilidade histórica que previa a sua aparição no cenário nacional, Ré Volução foi finalmente concebida e parida, num parto exangue, sim, meus senhores, sem nenhuma gota de sangue derramado, na última hora do dia 31 de março, e não no dia primeiro de abril, como maliciosamente alegam os seus detratores.

"Como demonstrado pelas manchetes de primeira página dos maiores jornais do país publicados nos dias seguintes — Passional distribuiu uma pilha razoável de jornais por entre os membros do júri —, o aparecimento da acusada foi saudado com grande euforia pela vasta maioria da sociedade e dos veículos da grande imprensa falada e escrita. Senhores e senhora do júri, por favor, inspecionem os editoriais e os artigos desses jornais e concluam por si mesmos quão festejado foi o evento.

"E não foram apenas os jornais que festejaram, mas também houve aprovação nas ruas de todo o país, em meio a cuja população e aos setores líderes da sociedade que vinham implorando, meses antes, pela sua concepção pipocaram manifestações espontâneas de júbilo e contentamento. Com exceção, como se poderia presumir, de pequenos núcleos de subversão, dominados pela dialética vermelha produzida por um restrito grupo de poetas de botequim — nesse instante Passional concentrou toda fúria do seu olhar para procurar a face enrugada de A. Mando de Carlos Marques na segunda fila do banco do júri — ou agitadores profissionais, provavelmente a mando de potências estrangeiras interessadas apenas em saquear as enormes riquezas naturais deste país.

"Ré Volução nasceu e, como bem colocou a promotoria, logo se impôs, com mão de ferro. Não porque fosse esse o seu desejo, fruto de alguma moléstia genética congênita, mas simplesmente porque era preciso. Pelo bem da nação. Seus pais, parentes próximos e amigos insistiram que ela comandasse a normalização do país, salvando-nos do caos político e econômico em que mergulhávamos cada dia mais. Era necessário executar uma cirurgia radical, extirpar o câncer da subversão e da corrupção antes que as suas metástases se espalhassem por todo o território nacional, fazendo com que a nação despencasse na espiral sem volta de uma luta fratricida, uma verdadeira guerra civil.

"Sim, atos de força foram realizados, mas foi preciso! — Passional começava a se inflamar. — Dada a magnitude da ameaça que pairava sobre a Pátria, não havia alternativa senão reagir à altura, na mesma moeda. Os inimigos do povo, da ordem, do progresso e dos valores morais da nação e do mundo ocidental precisavam ser eliminados a qualquer preço, pois esse era o custo da nossa liberdade, do resgate dos valores e das tradições da nossa cultura. Os senhores e senhora do júri sabem, melhor do que ninguém, a que me refiro. Os senhores da plateia — Passional virou-se repentinamente e encarou todo o auditório com os braços abertos, como se quisesse envolver a todos — também sabem disso. Muitos dos aqui presentes se recordam do estado em que vivia este país às vésperas do nascimento da acusada.

"A promotoria imputa à acusada um total de 278 crimes e contravenções de todos os naipes. Muito interessante. Todos, ou na vasta maioria, crimes contra o patrimônio nacional e contra a humanidade. Quer o senhor promotor nos convencer de que ali, no banco dos réus, se encontra uma verdadeira genocida, uma assassina impiedosa, uma torturadora sádica, o arquétipo do ditador sanguinário tropical que deflora e desnuda o próprio país e a própria gente em benefício dos seus preconceitos e de uma ideologia canhestra? A defesa se opõe frontalmente a essa caracterização primária e pueril. Em contrapartida, oferece aos senhores do júri uma visão diametralmente oposta da acusada. Diante deste Tribunal encontra-se vilmente acusada uma heroína da Pátria. Um monumento vivo dos feitos e das ações que permitiram que este país mantivesse a união e a integridade territorial, subjugando a maior ameaça a que foi submetido em toda a sua História como nação independente. O que esta mulher fez por este país poucos fizeram. Ré Dentora sim. Com orgulho, com altivez. Com um senso de patriotismo raramente encontrado em indivíduos muito mais velhos que ela. Isso sem mencionar as obras de infraestrutura dignas de um verdadeiro Império! — Na empolgação, Passional perdeu o fio da meada, mas logo retornou ao prumo. — Muitos a subestimaram, e ela se valeu disso como trunfo. Pretensos líderes que se autoarrogavam o mandato de defensores do povo desta nação e, na verdade, não passavam de agentes da camarilha vermelha que quase fez deste país o próximo dominó a ser conquistado no seu macabro intuito de dominação global, esses pseudolíderes pagaram o preço da sua presunção e arrogância. Pagaram o ônus daqueles que traem a sua Pátria por moedas de ouro pagas pelo agente agressor estrangeiro. Contrariando a boa índole da nossa gente, esses traidores pegaram em armas e lançaram-se à guerra, matando inocentes, assaltando bancos, roubando depósitos pessoais de ex-governantes — Passional se referia ao famoso assalto do cofre que um ex-interventor do regime ocultara debaixo da cama da amante —, insuflando em cada ato, em cada movimento, em cada manifestação a luta de classes, contaminando a mente simplória do caboclo, do camponês, como eles adoram chamar o nosso querido capiau, com promessas de uma utopia tão mentirosa quanto impossível.

“Com a tomada do poder por Ré Volução, foram empossadas as **Cinco*Estrelas**, produto final daquilo que há de melhor na inteligência nacional, governantes exemplares, impolutos, defensores da moral, dos valores éticos, dos bons costumes, da religião, da propriedade privada e do mundo ocidental. Verdadeiros *self-made men*, filhos genuínos do sacrossanto e infalível mercado, e que desde o primeiro dia de governo se uniram aos anseios do povo na árdua tarefa de construir uma potência, um gigante, um orgulho para todos nós.

"Uma vez empossadas, essas autoridades decidiram fechar o Congresso por apenas uma década, apesar da clara inutilidade desse poder ultrapassado e tacanho. No seu lugar foi criada a ***Estrela*ExceLesJudi***, que desempenhou com valor as funções que anteriormente requeriam o trabalho de mais de 550 indivíduos. Só em cafezinho, essa medida economizou aos cofres públicos dezenas de milhões por ano. Sem falar na eliminação dos infindáveis debates e bate-bocas do plenário, que emperravam a máquina legislativa e a faziam deliberar a passo de lesma. De agora em diante, uma única opinião era necessária para promulgar qualquer lei, e o único debate requerido era aquele que a ***Estrela*ExceLesJudi*** mantinha com o espelho, durante o ritual de barbear matinal.

"Para não dar margem a rumores e boatos maledicentes, o regime inovou ainda mais ao criar o seu próprio partido de oposição, para que este pudesse coexistir com a agremiação dominante do regime. A total supressão de eleições diretas pelo sufrágio universal foi apenas uma medida de economia dos gastos públicos. Como a grande maioria da população não estava mesmo preparada para votar, a falta de qualquer tipo de eleição pouco afetou a vida nacional, uma vez que as decisões que realmente importavam eram tomadas por um grupo seleto, altamente preparado, de tecnocratas da melhor estirpe.

"Dessa forma, os primeiros anos de vida da acusada foram árduos, desafiadores, mas encarados com a serenidade e a determinação que só os líderes natos possuem. O povo trabalhador obedeceu a todos os desígnios de Ré Volução e seus representantes, as **Cinco*Estrelas**, por reconhecer que essa era a única liderança capaz de manter o país no rumo certo.

"Após quatro anos relativamente calmos, em que o horizonte nacional foi dominado pela construção de grandes obras, revestindo o país de concreto e aço na forma de edifícios majestosos, rodovias que cortaram o território em todas as direções e os maiores estádios de futebol jamais construídos, tudo isso financiado por rios de investimentos estrangeiros, oriundos de empréstimos gentilmente cedidos pelos maiores bancos do mundo, começamos, desafortunadamente, a identificar o surgimento de alguns problemas. Inicialmente na forma de pequenos *blips* de rebeldia, esse movimento ganhou ímpeto, municiado por ideologias importadas e recursos financeiros de nações reconhecidas internacionalmente como fomentadoras da subversão global. Tal fenômeno não foi prerrogativa do nosso país, uma vez que as nações mais desenvolvidas do mundo também tiveram que lidar com focos terroristas muito semelhantes aos nossos. De certa maneira, num mundo infectado pela doença da subversão, não havia forma de manter-nos imunes. Eventualmente, a praga mundial nos alcançou e começou a ameaçar a saúde da nação.

"Nesse período, greves ilegais, decididas em assembleias manipuladas por agentes infiltrados, pipocavam em múltiplas regiões do país. Estudantes sem ter o que fazer decidiam ocupar as ruas e praças, inicialmente em pequenos grupos para não chamar a atenção das forças de segurança. Logo esses grupos cresceram, e a eles se juntou um punhado de intelectuais desacreditados, alguns sociólogos falando à francesa e, finalmente, no pico da sublevação, até mesmo alguns pobres operários desavisados. O objetivo dessas manifestações era mais do que evidente: subverter a ordem instalada no país, impedir o crescimento econômico e o desenvolvimento de um novo modelo político que aliviava toda a população de obrigações irrelevantes, como eleições das quais ela não estava nem ao menos qualificada intelectualmente para participar, como já dito.

"Confrontados com essa situação de caos iminente, era evidente que os legítimos defensores da nação não poderiam ficar inertes. Quem dos senhores do júri não levantaria a mão e usaria de todos os métodos a seu dispor para defender o seu país de invasores, hordas de visigodos dispostos a saquear, profanar, violar e conquistar tudo aquilo que cada um dos senhores levara uma vida toda para construir?"

Para registro histórico, nenhum jurado levantou a mão. Ignorando o silêncio do júri, Passional deu continuidade à sua exposição de motivos:

— Esses elementos subversivos claramente não tinham apego à sua Pátria natal. Afinal, sempre usavam esse ou aquele paiseco, onde reinavam fantoches defensores do tipo de ideologia totalitária, como exemplo, como ideal de futuro para a nossa nação. O que fez o regime? Decidiu que esses poucos traidores deveriam mesmo ser remetidos para os seus paraísos onanistas. Adeus! ¡*Que se vayan, para siempre*! Para Ré Volução e outros patriotas, serviam apenas aqueles que amassem esta terra. Os outros, bem, os outros que nos deixassem, de uma forma, ou de outra.

"Mas as coisas pioraram ainda mais. Da contestação das passeatas e dos comícios à luta armada e aos atentados terroristas foi apenas um passo. Bombas, assaltos, execuções de empresários e defensores do regime. Ré Volução logo sentiu que todos os valores que inspiraram a sua concepção estavam começando a ruir. Era preciso agir, da forma mais brutal possível, não só para aniquilar os inimigos incorrigíveis, mas, mais importante do que isso, instalar dentro dos potenciais oponentes, aqueles que ainda não haviam dado o passo definitivo na direção errada, ou mesmo os que ainda estavam por nascer, um medo tão avassalador, tão profundo, tão visceral, que nada neste universo seria capaz de convencê-los a se mover depois desse choque de terror medular.

"Somado a todo esse quadro de guerra, sim, meus senhores e senhora do júri, *guerra* total ao regime e à Pátria, políticos despreparados e irresponsáveis começaram a produzir discursos cheios de ódio, desabonando às claras, nas rádios, nos jornais, por todos os cantos, a imagem da constelação governante. Era preciso agir, pois o preço da espera seria a exterminação de tudo aquilo que nos era sagrado.

"E agir foi o que Ré Volução fez. Com uma ferocidade inesperada para uma mulher. Embasada no Código de Segurança Física e Mental e na nova Lei da Palavra Falada e Escrita, que definiu quais seriam as histórias que realmente interessariam à população, ela liderou a reação do regime. Inicialmente, baniram-se do vocabulário jornalístico as palavras amargas, os verbetes inadequados, principalmente aqueles imbuídos de qualquer tom de rebeldia, bem como todas as frases, sentenças e parágrafos capazes de incitar qualquer esperança de que um levante contra o regime poderia ser bem-sucedido. Realizou-se uma verdadeira reforma da língua pátria, muito além de qualquer outra reformulação ortográfica ou gramatical, o que resultou, na opinião de alguns eruditos, na gênese de uma nova forma de expressão escrita. De agora em diante, falava-se em sussurros e escrevia-se, com grande cautela, em monossílabos.

“Para demonstrar o alcance amplo e irrestrito das suas intervenções na vida cotidiana nacional, Ré Volução não se furtou nem aos pequenos detalhes, como decretar a demissão do técnico da seleção nacional de futebol, que arrogantemente recusara seguir as sugestões táticas de uma das **Estrelas**, que já na época demonstrava um talento especial para descobrir e indicar craques para o *scratch* nacional.

“No âmbito institucional, foi criada uma enorme rede de entidades voltadas ao combate da subversão, que passaram a atuar até mesmo clandestinamente, sem descanso, usando os recursos mais modernos de contrainteligência, a fim de sufocar qualquer pensamento, qualquer meia ideia, qualquer tramoia que pudesse ameaçar a integridade do regime e a segurança mental da população.

“Para combater a propaganda subversiva, gigantescas quantidades de terra foram entregues quase que de graça àqueles com melhores condições de explorá-las, ou seja, os grandes latifundiários, que, em poucos meses, se transformaram em grandissíssimos proprietários. Algum deles acumularam propriedades maiores que muitos países europeus. Com isso, deu-se quase que um milagre: a possibilidade de desenvolver o nosso campo. Deu-se quase todo um país...”

Alguns risos marotos vindos da plateia interromperam o silêncio que até esse momento acompanhava o discurso ufanista de Sempre Passional, que, entusiasmado, não reparara na gafe cometida. Ele continuou:

— E assim, em poucos meses, toda a complexa estrutura de apoio à subversão foi desmantelada. Sim, foi necessário o uso da força extrema, pois era o totalitarismo cego e nefasto do monstro comunista que se encontrava à porta dos nossos lares, disposto a nos devorar. E, na vitória inconteste que se seguiu, os vencedores foram misericordiosos com os vencidos. Pelo menos com a maioria...

"É verdade que alguns excessos foram cometidos. No calor da batalha, alguns dos nossos perderam a disciplina, varridos pelo tufão de emoções gerado pela luta pela sobrevivência. Como resultado, alguns poucos prisioneiros foram executados acidentalmente. Outros tantos foram interrogados de forma mais austera, mas nada que fugisse do comum a qualquer distrito policial do país. De qualquer forma, os pequenos burgueses da elite que ousaram participar da tentativa de levante sentiram na pele, uma vez que seus privilégios de classe foram ignorados, o que todo criminoso pé de chinelo conhece como rotina nos cárceres nacionais. Para quem duvida, basta perguntar ao nosso querido jurado, senhor Eagora José."

— Protesto, Meritíssimo! — Nascerta não conseguiu se conter. — A defesa não tem nem o direito nem conhecimento de causa para questionar a vida pregressa ou quaisquer antecedentes criminais, se é que eles existem, do jurado Eagora José.

— Mantido. — Fato não pestanejou.

— Mil perdões. A defesa humildemente se desculpa diante do Tribunal e do senhor jurado. Realmente foi uma leviandade minha. De qualquer forma — Passional preparou-se para o último arranque rumo à linha de chegada —, a grande maioria dos aprisionados durante o período da guerra foi levada a julgamento. Tiveram direito a advogado de defesa, autos e justiça, representada por penas justas de encarceramento, desterro e trabalhos forçados, invariavelmente cumpridos em penitenciárias modernas, espalhadas por toda a vastidão natural da grande floresta do Norte. Lá, esses traidores tiveram a chance de se reencontrar com a natureza e participar de vários programas de reeducação política, cultural, profissional e mental para que, num futuro distante, pudessem ser reintegrados à sociedade. Menciono todos esses detalhes para ilustrar que o regime, diferentemente do que ocorreu em outros países, rejeitou instalar a sua versão do *PAREDÓN*.

"Nos últimos momentos da sua apresentação, o meu distinto colega, doutor Nascerta, referiu-se de passagem àquilo que ele designou como detalhe, mas que na opinião da defesa constitui-se em uma evidência importantíssima para a deliberação deste Tribunal. Eu me refiro à constatação inexorável de que amplos setores da sociedade nacional, desde o seu nascimento, mostraram-se extremamente solidários à causa empunhada por Ré Volução. A promotoria citou, por exemplo, o empresário Deustodo Poderoso."

Detectando o desconforto causado em Deustodo, Passional se adiantou à provável reação indignada do jurado.

— Não, não se preocupe, meu caro senhor, não tenho intenção de lhe embaraçar publicamente com os agradecimentos pela sua lealdade à acusada e ao regime. No entanto, somente com o fim de ilustrar quão persuasivo foi esse apoio, eu gostaria de mencionar o caso da distinta senhora jurada, Primeiradama Kalker.

As fotos, eu sabia. Primeiradama instintivamente lembrou da premonição da noite anterior.

— Essa patriota — seguiu Passional —, durante anos, prestou inúmeros serviços à nação, atuando junto a diferentes lideranças do movimento iniciado com o parto da Ré Volução, incluindo a falecida ***Estrela*Legisladora***. Tudo fez pelo engrandecimento e conforto desse líder nacional, em prol da manutenção da família como elo de sustentação dos valores morais deste país. Muitas são as fotos das recepções, visitas internacionais, pronunciamentos em que podemos identificar a senhora jurada sorridente perfilada, lado a lado, com um dos nossos líderes. Em nome da acusada, eu a agradeço.

"Da mesma forma, a defesa não pode deixar de mencionar quão grata a acusada Ré Volução se considera pelos serviços prestados pelo emérito jurista, ex-membro da Suprema Corte do país, o Meritíssimo Fato Inédito, progenitor do não menos excelso doutor Fato Consumado, presidente deste Tribunal do Júri."

Como planejado, Sempre Passional atingira o fígado coletivo de todo o Tribunal ao tirar da manga (puída) do paletó, no minuto derradeiro, a revelação da possível colaboração do pai de Fato com o regime. Ainda tentando assimilar o golpe, a plateia espantada escutou o *sprint* final de Passional, que agora se deleitava com a satisfação de ter atingido o inimigo abaixo da linha da cintura.

— Depois de uma década difícil, mas que jamais abalou a fé de Ré Volução, o país voltou a trilhar o caminho que lhe garantirá ascender às grandes potências do planeta. Mais do que nunca, este é o país do futuro. Ninguém nos impedirá de completar a jornada rumo ao nosso destino de grandeza. Prova disso é que até mesmo a Copa do Mundo nós voltamos a ganhar, obviamente graças à mudança de técnico. Continuamos produzindo muito manganês, muito alumínio; temos a selva-pulmão do mundo e a garantia de que podemos continuar exportando-a, na forma de toras de madeira de lei ou tocos de carvão vegetal, por mais um século. Temos o maior

Carnaval do Mundo, a maior hidrelétrica, o maior vão livre, a maior taxa de natalidade e, não se esqueçam, a maior dívida externa do mundo. No exterior, essa última característica nos confere um grande status como nação emergente, um país comprador, pobre, mas que gasta como rico, um grande investimento para qualquer banqueiro audacioso que deseje testar a receptividade de taxas de juros no mínimo criativas. Tudo isso graças à obra de Ré Volução, repito. Tudo produto da mente genial desta mulher prodígio. Ré Volução, uma acusada sem crimes, sem delitos. Eu até diria sem *processo*, mas a Corte me proibiu de mencionar esse detalhe.

"Senhoras e senhores do júri, longe de ser ufanista, usando dados objetivos e estatísticas vitais do conhecimento de todos, a defesa procurou mostrar neste domingo de Carnaval o que foi a vida desta nação nos últimos anos e quão vital foi o papel desempenhado pela acusada na manutenção do bem-estar do país e de seus cidadãos. Muitos foram os feitos realizados por Ré Volução, com os quais uma boa parte dos membros deste júri compactuou, celebrando-os como verdadeiro comparsa.

"Senhoras e senhores, não se pode condenar o artista de uma obra coletiva e magnífica como a que transformou esta nação. Sendo assim — Passional subiu ao último patamar vocal em busca do seu orgasmo de jurista —, a defesa exige o único veredito com que verdadeiros cúmplices podem presentear uma companheira de lutas: a absolvição.

"Este pedido se baseia no fato de que qualquer eventual crime cometido por Ré Volução contou com a nossa cumplicidade; pois maiores cúmplices são os que pecam pela omissão do que por quaisquer outros atos. E, para esse delito, que não reste dúvida alguma, só encontram álibi aceitável os mortos, os recém-nascidos e os loucos. Sendo assim, se a absolvição lhe for negada, todos os que apoiaram Ré Volução com o seu silêncio terão que subir ao banco dos réus e se declarar culpados, instrumentos acessórios da longa lista de delitos imputados à Ré pela promotoria.

"Senhoras e senhores, a decisão é vossa. A defesa confia piamente que todos saberão cumprir o seu sagrado dever com a Pátria. A nação, à beira do abismo, espera ansiosa pelo veredito. Que ele seja inocente, inocente, inocente e, mais uma vez, inocente. Pois esse é o destino que a nação escolheu, ao longo de todos esses anos de silêncio e glórias!"

CAPÍTULO 8

OS PASSISTAS

Finalmente chegara o momento tão esperado. Depois de um ano de preparação intensa, estava na hora de começar o desfile das escolas do primeiríssimo grupo, o grupo especial, o fino da bossa, o verdadeiro filé-mignon do Carnaval. As arquibancadas em frente ao Fórum, apinhadas de foliões que convergiam de todos os cantos do mundo, sacudiam no ritmo da melhor tradição musical daquele país tropical. Nenhum outro aglomerado humano se comparava a essa massa multicolorida de *homo sapiens sapiens* que agora tomava conta de toda a vizinhança em torno do Tribunal.

Para dar conta de qualquer imprevisto, a passarela de dois quilômetros – por onde desfilariam as escolas de samba – era patrulhada por um aparato de segurança recorde, incluindo 15.500 oficiais da academia estelar – comandos especialmente treinados para defender as ***Estrelas*Governantes*** durante o resto do ano, mas que, nessas noites, tinham o privilégio de escoltar o desfile (participando dele, é claro) –, 23 mil homens das Forças Regulares de Repressão ao Reles Cidadão (a temida FR3C), 4 mil policiais à paisana – facilmente identificados pelo corte de cabelo moicano e pelas tatuagens de caveiras espalhadas pelo corpo –, 3.400 bombeiros estelares, 1.500 membros da patrulha canina, 350 escoteiros e bandeirantes, cem capelães, cinquenta delegados, trinta promotores estelares, trinta juízes (não confundir com os jurados do desfile), trinta carcereiros e um agente funerário com grande experiência em eventos desse porte.

Na cabine da rede de TV Trim Plim, o locutor oficial do desfile rasgava seda para o regime, reiterando como a infraestrutura criada para esse Carnaval em muito superava a de anos anteriores. Em especial, eram ressaltados a decisão estratégica de mudar o local do desfile para o recém-inaugurado Sambódromo Estelar, a nova tonalidade de purpurina utilizada para banhar as passistas peladas e o emprego de transeuntes desavisados em demonstrações cívicas espontâneas, como "aperitivo do desfile principal". Ao término dessa sua primeira intervenção no telejornal noturno, antes de o desfile ser iniciado, o locutor se aprumou e, em tom solene e com a melhor voz de narrador de jogos futebolísticos da várzea, leu a nota oficial de pêsames dando conta do falecimento repentino das duas ****Estrelas****.

Nessa altura, dezenas de milhares de passistas que formavam a coluna vertebral móvel de cada escola de samba se acotovelavam na concentração. Misturadas a essa crescente floresta de gente, as famosas baterias – verdadeiros batalhões de percussão que forneciam, ao longo de todo o desfile, um fluxo ininterrupto de sangue sonoro para todos aqueles corações ávidos por se transformarem, mesmo que por apenas alguns minutos, em tudo aquilo que não podiam ser no resto do ano – começavam o seu ritual de aquecimento. A explosiva química do Carnaval, regada a suor, álcool e feromônios, começava a tomar forma sobre o asfalto virginal da nova passarela do samba.

Em anos anteriores, a área da concentração abrigara uma das penitenciárias de segurança máxima do regime, onde cumpriam pena os mais perigosos prisioneiros de consciência do país. Por decreto estelar, a prisão e seu conteúdo altamente subversivo foram relocados para um local ermo da grande floresta do Norte. A exata localização era um dos mais bem guardados segredos do regime: apenas as **Estrelas** e suas amantes conheciam as coordenadas geográficas exatas. Dessa forma, o prédio original da prisão tinha sido demolido recentemente para ajudar na ampliação do espaço que agora continha o novo complexo carnavalesco, responsável por receber, uma vez por ano, a grande festa.

Em seus camarotes de luxo, a horda de convidados estrangeiros iniciava, com a melhor das intenções, mas sem muito jeito, os primeiros passos tímidos ao ritmo da bateria. Apesar de o desfile ainda nem ter começado, o posto de saúde do Sambódromo Estelar já realizara vários atendimentos. Torções, fraturas, ataques histéricos, comas alcoólicos, tentativas de suicídio, tudo muito rotineiro, tudo nos conformes, mesmo assim detalhadamente registrado na cobertura realizada pela rede Trim Plim.

Depois de apenas quaro horas e meia de atraso, a primeira escola de samba começava a entrar na avenida do Sambódromo Estelar, criando um contraste muito peculiar entre a multidão de foliões inebriados que circundava o Fórum e a população contida e silenciosa que, de dentro do Tribunal, assistia ao desfilar dos primeiros passistas. Com a crescente crise de fornecimento, e a quota do mais valioso artigo de consumo do Fórum, papel higiênico, caindo para anêmicos 2,5 cm/pessoa/dia, não havia mesmo muitos motivos para alegria. Na realidade, o assunto mais comentado daqueles exilados, durante a abertura do desfile, versava sobre as condições carcerárias do país.

Ainda assim, o temor original de Fato Consumado não se confirmara. Apesar de a corrente osmótica de felicidade apontar decisivamente na direção que levava para fora do prédio do Fórum, nenhum dos ocupantes fez qualquer menção de abandonar o barco do julgamento e se perder na folia. Por alguma razão inexplicável, todos pareciam mais do que satisfeitos em participar daquela amostra de futuros mártires.

Todavia, nessa noite de domingo de Carnaval já se podia notar uma mudança demográfica importante na composição dos habitantes do Fórum. Desde o último influxo, o grupo original de voluntários compulsórios do julgamento tinha se transformado em minoria. Mais do que nunca, agora todos tinham consciência da dimensão daquilo que os separava e impedia de juntar-se à multidão de foliões que desfrutavam do êxtase da maior orgia a céu aberto do planeta.

Se havia alguém confuso dentro desse grupo era Eagora José da Silva. Depois da sua entrada pouco ortodoxa no dia inaugural dos trabalhos, ele fora o único jurado que permanecera praticamente calado durante todas as sessões e seus intervalos. Apesar de ter sido vítima da provocação desleal e preconceituosa de Sempre

Passional, Eagora José passara o resto do tempo quase despercebido. Não fora acusado de nada, nem associado, de uma forma ou de outra, à acusada. E, depois de dois dias, a bem da verdade, ele ainda não entendia muito bem o que estava acontecendo e onde tudo isso ia terminar.

Bom, uma coisa ele entendia bem: no final do julgamento, certamente pagaria o pato por tudo que jamais fizera. Isso era líquido e certo, dada a tradição histórica de, na dúvida, acusar os Josés da Silva mais próximos por qualquer delito cometido.

Citações, apartes, manifestações de plenário, tudo era muito confuso. Aquela mulher, quem diria, teria sido capaz de cometer todas aquelas barbaridades? Será mesmo? Eagora José nunca tinha ouvido uma lista de crimes tão impressionante. Será que teria dado tempo de fazer tudo isso? Golpes de Estado, tomadas de governo, prisões, torturas, assassinatos?

Eagora José não conseguia acreditar que tanta crueldade, tanta maldade pudesse ter se originada na cabeça de uma mulher que, à primeira vista, vinha de um bom berço e tivera tudo do bom e do melhor. O que poderia ter acontecido na infância daquela mulher para gerar tanto ódio, tanta vontade de se vingar de um mundaréu de gente?

Eagora José não podia esconder de si mesmo uma certa pena daquela criatura sendo acusada de tamanhas monstruosidades. No intervalo da sessão, ele até pensou em se dirigir a ela e tentar puxar uma prosa, mas o senhor May Rinho foi muito claro:

— Nenhum contato com a acusada é permitido.

De qualquer forma, havia uma coisa que o promotor mencionara, da qual Eagora José estava mais do que ciente: a vida para gente humilde como ele e os seus não estava nada fácil. Na verdade, quando Acuso Nascerta levantou o assunto, Eagora José imediatamente olhara em volta, concluindo então que ele mesmo era um dos poucos naquele Tribunal que tinham a exata noção do grau de dificuldade que era se manter vivo nas condições atuais do país.

A cada dia ele precisava trabalhar mais para ganhar menos. Tudo aumentava, fosse a prestação da casa, a comida, a condução, os remédios, até o pedágio que tinha que pagar para os traficantes do bairro aumentava sem parar. Mas para continuar vivo no morro não restava alternativa: era pagar ou sumir, córrego abaixo, boiando que nem merda. Porque a única coisa que não aumentava era o preço da vida. Pelo contrário, ela a cada dia valia menos.

Segundo seus cálculos, para quitar o barraco onde vivia com a nega e mais seis filhos pequenos seriam necessários pelo menos mais cento e setenta e seis anos. Seu saldo devedor já passara de cinquenta vezes o valor original pago por ele. Além disso, de acordo com o último discurso das ****Estrelas****, por causa da dívida externa do país, ele teria que contribuir com pelo menos 25 mil dólares do próprio bolso ao longo dos próximos anos. O engraçado de tudo isso é que Eagora José não se lembrava de ter gastado nenhum centavo desse dinheiro. A mulher negara de pé junto que tivesse pendurado qualquer conta no armazém ou na padaria. Então, esse era um dos grandes mistérios que assolavam a sua mente havia meses.

Para piorar a situação, sempre que as três cabeças da ***E$trela*Fazenda*** aparecia na televisão para anunciar (nunca explicar) algum novo aumento, ele não era capaz de entender o que as autoridades queriam dizer, pois cada uma parecia estar falando de um assunto diferente ao mesmo tempo. Entender discurso de ***Estrela*** de uma cabeça já era quase impossível, agora imagine uma com três bocas, cada uma bufando num ritmo diferente e vomitando palavras que nem no dicionário a gente conseguia encontrar?

Vítima de uma anomalia congênita rara, a ***E$trela*Fazenda*** nascera com três cabeças, cada um dotada de um cérebro independente que pensava e falava em ritmo próprio. Assim, cada uma das cabeças exibia uma personalidade peculiar e diferente da outra.

Contra todos os prognósticos, mesmo tendo que compartilhar um único corpo franzino, a ***Estrela*** de três cabeças sobrevivera à infância e à adolescência e, depois de cursar três cursos de economia diferentes, uma vez que cada uma das cabeças seguia uma linha de pensamento distinta, se transformara na autoridade mor em assuntos econômicos e financeiros das forças estelares. Sendo a única ***Estrela*** possuidora de três cérebros, o que equivalia a dizer que a sua capacidade mental era pelo menos cinco vezes maior do que a de qualquer outra ***Estrela*** da corporação, que mal e mal dispunha de alguns punhados de neurônios para o uso cotidiano, a ***E$trela*Fazenda*** logo assumiu o posto de comando central da junta formada pelas ****Cinco*Estrelas****.

Para quem não estava acostumado, e mesmo para quem tinha experiência, tentar entender algum pronunciamento oficial da ***E$trela*Fazenda*** era uma tarefa árdua. Por sorte, em alguns momentos, enquanto uma cabeça falava, as outras duas aproveitavam para tirar um cochilo. Aí era melhor, pois, na sequência, a cabeça que estava falando caía no sono e uma das outras duas acordava e tomava o seu lugar, sem perder o fio da meada. Esse truque era impressionante de se ver e muito apreciado pelos técnicos estrangeiros que vinham frequentemente ao país extrair mais alguma vantagem do regime, em troca de um empréstimo a juros escorchantes, que mantinham a nação com a aba do nariz levemente acima da linha da água... Metaforicamente falando, é claro.

Esse revezamento das cabeças era compreensível porque, diziam rumores vindos do palácio presidencial, a ***E$trela*Fazenda*** não podia dormir nem um segundo do dia. Como a sua função era extremamente importante para manter o país sendo continuamente entregue ao capital estrangeiro, sem descanso ou interrupção, ela tinha que ter pelo menos uma cabeça acordada todo o tempo.

Agora, a situação se complicava exponencialmente quando duas, ou mesmo todas as três cabeças da ***E$trela*Fazenda*** estavam com insônia e começavam a se intrometer no que a outra estava dizendo.

Era uma confusão dos diabos. Um salve-se quem puder.

É preciso admitir que, em certas ocasiões, ter três cabeças funcionando simultaneamente era providencial. Por exemplo, quando a ***E$trela*Fazenda*** viajava ao exterior para entregar mais uma empresa do país, por qualquer troco, como pagamento de uma parte da infinita dívida externa com os bancos estrangeiros – algo que tinha virado rotina ultimamente. Nessas ocasiões, enquanto uma das cabeças pedia humildes desculpas para o banqueiro que abocanhava o pagamento, a segunda cabeça comentava os últimos resultados do time de futebol, e a terceira, alheia a tudo, dava uma entrevista exclusiva a algum telejornal explicando que essa parcela do território nacional entregue de mão beijada não faria falta nenhuma para um país gigante como o nosso.

Reconhecidas e singelamente odiadas por todos os habitantes da nação, as três cabeças da ***E$trela*Fazenda***, apesar de compartilharem o mesmo corpo, tinham personalidades bem distintas e diferentes.

A mais extrovertida ostentava uma cabeleira cor acaju bem cuidada, bochechas rosadas abundantes, um papinho proeminente, óculos de nerd e um jeito meio afetado de falar. Era considerada a mente mais brilhante das três e, como tal, ocupava a posição central da trinca.

A cabeça da direita, totalmente calva, era a mais carrancuda e inexpressiva. Essa era a que sempre estava falando em números, cifras e índices, numa língua esquisita, o economês, que ninguém em sã consciência sabia traduzir ou interpretar. Nessa língua alienígena, se a inflação subia, tudo estava muito ruim. Curiosamente, se a inflação caía, era ruim também. Se o câmbio aumentava, era péssimo; se ele caía, era terrível. (Refletindo, Eagora José se dava conta de nunca se lembrar de ter ouvido essa cabeça da ***E$trela*Fazenda*** dizer que alguma coisa estava boa ou ia bem na economia do país.)

A terceira cabeça, a mais misteriosa de todas, tinha vários tiques nervosos e, vira e mexe, seus olhos apontavam em direções diferentes. Essa cabeça era aquela que preferia falar sobre futebol o tempo todo, para desanuviar o clima tenso das discussões sobre a crise crônica da economia. Inclusive, pelas expressões que fazia quando as outras duas falavam e abusavam do economês, a terceira parecia entender ainda menos do que o resto da população sobre que diabos as suas coirmãs tinham dentro das respectivas cabeças.

Antes de ser sequestrado, quer dizer, *convidado* pelo juiz para participar dessa loucura de julgamento, Eagora José ouvira o rumor de que a ***E$trela*Fazenda*** estaria sofrendo de uma doença grave e que, devido ao seu estado de saúde precário, teria se recolhido ao seu bunker carnavalesco recentemente.

Deitado na cama de campanha, em meio a reflexões existenciais tão profundas, algo mais do que raro no seu cotidiano tão preocupado com a própria sobrevivência, Eagora José sentia-se muito só nessa noite de domingo de Carnaval. Antes de toda a confusão, ele já vinha ouvindo que a situação do país era muito delicada, a pior de toda a História. Tinham chegado ao fundo do poço e não havia saída à vista. Mas, se a coisa estava tão feia, por que ninguém tomava alguma atitude? Por que tanta gente que sabia falar bonito não se revoltava contra o que acontecia de errado?

Na vizinhança de Eagora José havia gente desempregada fazia anos. Muitos definhavam lentamente de fome, de doenças que não iriam ser tratadas ou de pura desilusão com a vida. Eagora José era um dos mais sortudos. Trabalhava doze horas por dia, sete dias por semana, mal e mal conseguindo sobreviver. E cada vez que chegava em casa e via os filhos, com a barriga cheia de vermes, indo dormir com fome porque não havia mais nada para o jantar não era capaz de manter os olhos secos. No meio das lágrimas que umedeciam tanto os olhos como o coração, Eagora José pensava no futuro dessa sua prole, se eles conseguiriam evitar as incontáveis armadilhas de morte que seriam obrigados a contornar antes de poderem se defender por si mesmos.

E, nos pensamentos daquele homem, a razão para a apatia do povo explodiu, na forma de mais uma daquelas tempestades elétricas corticais que enchiam a sua mente de homem simples, mas curioso, com divagações incontáveis, para as quais, invariavelmente, não havia uma resposta simples ou definitiva.

Só que dessa vez a resposta parecia clara e cristalina.

Era o *medo*! Medo enraizado até a medula óssea. Medo que germina e dá à luz o terror perene. Só um medo assim poderia fazer com que tantos se calassem diante de tamanha miséria, tamanha injustiça, tamanha desesperança. Eagora José sabia bem o que era o medo. Ninguém precisa ser covarde para sentir medo. Essa parte ele compreendia muito bem.

Naquele país tropical, para sentir medo bastava estar vivo. Desde o seu primeiro respiro de vida, Eagora José tinha conhecido as diferentes tonalidades do medo, que lhe acompanhariam até o seu derradeiro instante, em sua morte. Pois naquele maravilhoso país, abençoado por Deus, era o medo que dominava o homem, e não vice-versa. Medo de morrer de parto, medo de ser abortado, medo de nascer órfão, medo de ser abandonado, de não ser querido, de não ser amado, de ser traficado, de ser traído, de ser violado, medo de ter os órgãos roubados e vendidos. Medo de ser sequestrado, torturado, de tomar uma bala perdida na cara, parado no ponto de ônibus, medo de ser deixado, agonizando, no meio-fio, depois do atropelamento. Medo de morrer de fome, de diarreia, de algum vírus ou bactéria, medo de morrer sozinho, de câncer ou chacina.

Medo de ver um filho morrer.

Medo de morrer sem deixar nenhum vestígio de ter vivido. Medo de nunca ter amado.

Medo de morrer de medo.

Ao logo da vida, Eagora José sentira o toque metálico de cada um desses medos, e de muitos outros os quais para que sejam descritos, é preciso sentir e, mesmo assim, faltariam palavras que lhes fizessem justiça. Para ele, o medo era como um frio intenso que vem de dentro da gente e congela todo movimento e cada pensamento.

Medo e frio: Eagora José nunca imaginara que sentiria tão intensamente a presença de ambos, não em pleno domingo de Carnaval.

Cansado pelo esforço de enfileirar todos os terrores e as misérias que já sentira na vida e que ainda sentiria antes de morrer,

Eagora José se acomodou para acompanhar o desfile... com mais outro temor: será que diminuíra a ração de papel higiênico?

Amplificada a limites nunca antes alcançados, graças ao novo equipamento de som do Sambódromo, a música penetrava cada fresta do prédio do Fórum. E, assim, cada um dos passistas forenses acompanhava a progressão do desfile, ainda que a seu jeito. A maioria – engruvinhada pelos diferentes aposentos do Tribunal, devidamente invadidos e ocupados pelo recém-fundado Movimento dos Sem Blocos (MSB) – deixava-se embalar pelo fundo musical que incluía os sons característicos do bacanal tropical de milhões de pessoas, liberadas de todo o resquício de superego e movidas por um fluxo contínuo de químicos e hormônios gonadais.

No canto do salão reservado ao júri, G. Túlio Largas Brasil acompanhava o ritmo com movimentos da cabeça de cabelos brancos, enquanto cortava as unhas do pé com uma tesourinha de cabo de madrepérola. Portador de um coração fraco, G. Túlio procurava evitar emoções fortes, como disputas políticas, mulheres fogosas e rinhas de briga de galo. Certamente, as demandas emocionais impostas pelo julgamento tinham elevado sua sempre lábil pressão arterial a níveis perigosos. Apesar de um certo grau de simpatia por Ré Volução – afinal, quem nunca teve a tentação de virar um ditadorzinho latino-americano com plenos poderes? – e de entender que, sob certas circunstâncias, a força se faz necessária para domar a massa rebelada, G. Túlio sentia um certo remorso por não ter feito nada a fim de evitar que a situação do país tivesse evoluído para a crise que resultara no nascimento da acusada. Muito antes disso, tinha decidido abandonar a vida pública e aposentar-se na estância paradisíaca de sua propriedade, localizada na porção mais meridional do país, esperando que uma das infindáveis revoltas separatistas patrocinadas por seus patrícios conseguisse enfim obter algum tipo de sucesso.

Depois de alguns anos à espera, G. Túlio, entediado com o provincianismo de tais revoltas, sem falar nas humilhantes derrotas que lhes serviam como invariável desfecho, decidira comprar um pacote turístico para passar o Carnaval na Cidade Maravilhosa onde agora se encontrava. Em vez de pegar um táxi na porta do hotel, decidira economizar uns trocados e se valer do serviço da agora infame kombi, que acabaria por conduzi-lo direto para a boca do lobo, quer dizer, do Meritíssimo.

Agora era rezar para que o seu histórico de revolucionário não viesse à tona durante o julgamento. Seria o seu fim. Certamente, o coração não resistiria à revelação do seu passado de conspirador e ditador.

Mas ele estava prevenido. Ninguém o levaria dali para a prisão vivo.

Pelo menos quanto a isso ele estava tranquilo. O seu destino e a forma como entraria para a História ainda lhe pertenciam. E essa seria a sua maior vingança.

Estalimperto Daqui observava o desfile de uma fresta do vitrô do banheiro reservado aos jurados. Sentia a emoção visceral que só os antigos e pomposos desfiles militares na grande praça da sua cidade natal eram capazes de despertar. Desde criança, o seu apego às armas de fogo, às facas, às espadas e aos sabres era notório. Anos depois, sua mãe, buscando explicações científicas para a obsessão por sangue que o primogênito desenvolvera ao longo da carreira de carniceiro, quer dizer, açougueiro, chegou à conclusão de que a culpa toda devia ser imputada ao fato de, quando criança, ele ter brincado demais com um Forte Apache presenteado pelo avô albanês.

Nas ruas ao redor do Sambódromo Estrelar, ninguém ligava para coisa alguma. Da existência mundana e rotineira, nenhuma alma viva queria notícia. Da existência do Fórum e do enredo sedicioso que desfilava em seu interior, a maioria esmagadora não tinha a menor noção. Uma pesquisa de opinião pública, realizada pelas forças de segurança nos arredores, revelou que o Tribunal só era reconhecido como a parede de concreto que sustentava as arquibancadas onde estavam os jurados do desfile de Carnaval, nada mais.

Se para os membros do Fórum tal resultado poderia ter soado como algo desabonador, havia uma enorme vantagem em ocupar essa posição estratégica na geografia do desfile. Era justamente o corpo de jurados nas arquibancadas que conferia as notas dos quesitos de avaliação das escolas, e, como quem fizesse mais pontos seria declarado campeão do Carnaval, todos que desfilavam ali, do mais miserável passista suburbano à mais siliconada socialite da zona sul, procuravam dar o melhor de si. E tudo isso bem em frente das janelas do Fórum.

Para A. Mando de Carlos Marques, essa demonstração de júbilo circunstancial era reflexo do apoio irrestrito das massas, que finalmente despertavam do encantamento criado pelo regime. Fato Consumado, ainda que pudesse acabar zombando da teoria do jurado, no fundo nutria a esperança de que, sim, houvesse uma forma de protesto contra o regime naquele exibicionismo de peitos nus, movimentos criminosos de quadris, indutores do aumento demográfico da nação, na coreografia tão libidinosa que só mesmo o demônio poderia ter concebido. Como seria de esperar, Deustodo Poderoso só concordaria com o último elemento do raciocínio de Fato.

Sem dúvida, tudo isso seria coisa do diabo.

O senhor May Rinho, por sua vez, identificou nesse exibicionismo desenfreado uma baita sacanagem, isso sim.

Ao longo das horas, madrugada adentro, o desfile continuou, e uma escola seguia a outra pela passarela central do Sambódromo Estelar. A cada evolução de ala, a cada gingado de passista, a multidão das arquibancadas entrava em delírio e saudava os milhares de foliões anônimos e famosos com o mesmo entusiasmo, os mesmos gritos de tiete, a mesma idolatria passageira. Por alguns minutos, todos aqueles dançarinos do asfalto pareciam fazer parte de uma sociedade sem diferenças, sem privilégios, todos percorrendo o mesmo trajeto sem que lhes fossem cobrados a carteira de identidade, profissão, religião, cor, preferência sexual, time de futebol e valor depositado em conta-corrente. Ladrões, alcaguetes, bicheiros, putas, desfilando lado a lado com seus clientes, milionários de braço dado com falsários, socialites com biscates, embaixadores com suas periguetes, toda essa mistura homogeneizava um país que, no resto do ano, vivia em total segregação. Nem todo o poder e aparato bélico e repressivo das ****Cinco*Estrelas**** e de seus aliados havia sido suficiente para quebrar a amálgama que fazia do Carnaval o maior equalizador do país.

Talvez por isso mesmo aqueles que não suportavam nem a música a todo volume, nem a algazarra, tinham de admirar o movimento sincronizado do oceano de passistas doidivanas, perseguindo obstinadamente a única alforria que lhes fora concedida de verdade: o delírio.

CAPÍTULO 9

O DESTAQUE

Acuso Nascerta tinha um verdadeiro fetiche pelo ritual da tomada de depoimento das testemunhas num Tribunal do Júri. Por todas as varas jurídicas do país, a sua fama de interrogador voraz e incisivo era conhecida e temida. Do empenho quase obsessivo em preparar a estratégia de cada interrogatório, detalhe a detalhe, das horas e horas despendidas no ensaio dos gestos, das expressões faciais de dúvida, apreensão e revolta, até o crepitar de indignação usado como pontuação de uma frase de efeito, nada escapava àquele promotor de histórico impecável.

Todo o empenho causava um desgaste mental e emocional intenso, o preço cobrado pela arte ao seu melhor artífice. Ainda assim, de todas as centenas de casos em que atuara na sua carreira, Nascerta nunca tinha sido tão desafiado quanto no presente julgamento. Era um processo totalmente fora do comum, e Nascerta se deparava com novidades e alterações no protocolo forense que jamais pensara ter que enfrentar um dia. Sob essas circunstâncias, só lhe restava improvisar e torcer pelo melhor.

Como na manhã de segunda-feira, quando, pela primeira vez em sua longa militância jurídica, ele não tivera a oportunidade de arrolar testemunhas de acusação para serem interrogadas pelo juiz. Entre todas as novidades introduzidas nesse julgamento de Carnaval, essa fora a que mais incomodou o nobre promotor. Como tudo relacionado ao julgamento tinha sido preparado ou arranjado de última hora, todas as testemunhas da promotoria, bem como as da defesa, haviam sido recrutadas pela equipe de apreensão e busca coordenada pelo presidente do Tribunal, o nosso juiz polivalente, Fato Consumado. Apesar de confiar na idoneidade do seu colega de muitas décadas, esse ponto em particular havia levado os dois amigos a trocarem algumas farpas antes do início dos trabalhos, ainda na sexta-feira.

Três dias intensos, recheados de acontecimentos surpreendentes, haviam temperado a reação inicial de Nascerta. Agora, ele se concentrava em tentar fazer o melhor possível com o material humano que o Meritíssimo lhe oferecera. Além de desconhecer os indivíduos arrolados como testemunhas da acusação, Nascerta tinha que lidar com o fato – o evento, não o juiz – de que dezenas de pessoas se apresentaram para cumprir o seu dever de prover o alicerce humano ao argumento oferecido tão enfaticamente pelo senhor promotor.

Como não conhecia nenhuma das testemunhas, Nascerta não teria a oportunidade de explorar nenhum pormenor, nenhum trejeito, nenhum engasgo delas. Novamente, o promotor teria que desbravar novos territórios, uma vez que a sua presença física e o seu talento de interrogador estavam sendo dramaticamente desperdiçados.

Além de se sentir cerceado no seu próprio potencial, Nascerta não podia esconder a apreensão ao constatar a total ignorância acerca de tudo que aquelas faces, fechadas e silenciosas, iriam transmitir em alguns minutos a toda a multidão que ocupava cada micra do auditório principal do Tribunal, sem mencionar as outras dependências físicas do Fórum. Nessa altura, tomado por representantes de todos os estamentos da sociedade daquele país tropical, o prédio parecia viver uma final de campeonato que se estendera por vários dias.

Pela primeira vez, enquanto se dirigia à sua mesa no auditório, Nascerta notou que alguns foliões, durante as últimas horas da madrugada, haviam tomado de assalto o telhado do Fórum e, após removerem algumas telhas que datavam de antes da decretação da República, abriam caminho pela laje e, finalmente, pelo forro. Agora, valendo-se de um periscópio montado às pressas com componentes obtidos, por meios desconhecidos, junto a turistas estrangeiros que participaram do desfile na noite anterior, esse grupo criara um posto de observação avançada para seguir os trabalhos.

O calor insuportável continuava a realizar o seu trabalho infatigável de arruinar ternos, calças, camisas, cuecas, tangas e restos de fantasias, gerando grandes nódoas de suor acumulado que começavam a determinar o aroma dominante de todos os ambientes. Logo pela manhã de segunda-feira, o Fórum recebera com resignação a notícia de que tanto o suprimento de água como o de eletricidade haviam sido interrompidos. A situação sanitária, como era previsto, passou de caótica para desesperadora. Ainda assim, todos pareciam relativamente serenos, como se aquele julgamento fosse um espetáculo mágico, uma obra de ficção confabulada pela mente doentia de algum autor renegado em busca de atenção.

Como acordado na reunião preliminar realizada na sala privada do senhor Meritíssimo, as testemunhas seriam interrogadas por Fato, seguindo as normas tradicionais do direito nacional que obrigavam o presidente do Tribunal a tomar o depoimento das testemunhas, primeiro da acusação e depois da defesa, e, então, a permitir que as partes (promotoria e defesa) seguissem com a inquirição dos depoentes, se assim o desejassem. Tal protocolo resultava no uso do dobro da quantidade de saliva que naturalmente seria necessária para realizar a mesma tarefa.

Por falta de espaço editorial, as dezenas de depoimentos obtidos naquele dia não serão reproduzidos na sua íntegra neste relato, mesmo porque eles poderiam ser utilizados como provas para a condenação das próprias testemunhas. Em vez disso, uma rápida leitura dos registros produzidos pelo senhor escrevente revelou que os depoentes foram uniformes em confirmar e elaborar, com grande riqueza de pormenores, as inúmeras acusações feitas a Ré Volução pela promotoria. Alguém menos avisado poderia suspeitar que, a essa altura, já acostumada com as referidas acusações, a plateia do julgamento reagiria com um certo ar de enfado e desdém, ou mesmo cinismo, à repetição dos crimes e injúrias mencionados. Todavia, o comportamento da multidão que acompanhava atentamente os trabalhos foi diametralmente oposto a esse conformismo natural das coisas e das cortes. A cada depoimento, a cada comprovação do dano humano causado por algum ato ou crime imputado, direta ou indiretamente, à acusada, emergia, do nada, uma enxurrada de lamentos, de gritos, de uivos, circundados por palavras de ordem entoadas por grupos de participantes, fossem eles parte dos sentados, fossem dos pingentes, da gangue do Anexo I, dos empoleirados no telhado ou de algum recém-chegado. Todos aqueles capazes de emitir qualquer tipo de som pareciam querer expressar a sua repulsa e a sua indignação. Anos mais tarde, um relato clandestino dessa fase do julgamento, encontrado num arquivo perdido do regime, indicaria que mesmo crianças em idade de amamentação provavelmente se tornaram subversivas ao passarem toda aquela segunda-feira absorvendo avidamente o leite materno que lhes era administrado, nas mamadas ritmadas na cadência dos refrões mais populares.

Nessa altura, portanto, os rostos das testemunhas que tanto preocuparam a promotoria antes do início dos depoimentos tinham se fundido numa mensagem uníssona de devastação e morte.

Munido apenas de seu martelo e de sua voz, Fato Consumado teve que intervir um milhar de vezes para tentar manter ordem na Corte. Por horas e horas, que ninguém ao final soube precisar como passaram tão rapidamente, homens e mulheres comuns – sem nenhum traço peculiar que os distinguisse, a não ser aqueles sinais primitivos que denotavam serem esses os sobreviventes da hecatombe que assolara o país nas últimas décadas – desfilaram por aquele auditório, como que numa parada fúnebre. Mães, pais, filhos, netos, esposas, maridos, pessoas de todas as classes e lugares constituíam aquele bloco que oferecia aos jurados, à audiência e a quem, fora dali, um dia estivesse disposto a escutá-los o relato de viva-voz dos efeitos daqueles anos de pesadelo. Curiosamente, segundos antes de entrarem no auditório, todos recusaram o capuz preto que lhes poderia proteger de futuras represálias estelares.

Com a recusa, os mortos-vivos ofereciam apenas a atenção momentânea dos seus olhos, nos quais qualquer um podia ler que nada mais importava, a não ser esse breve momento de verdade.

Como esperado, tudo que foi dito era registrado pelo trabalho do senhor escrevente, gastando fitas e fitas da sua máquina de escrever portátil. Sem prestar muita atenção às manchas de tinta preta acumuladas pelas mãos, dedos, punhos da camisa e paletó, o senhor escrevente não tinha tempo nem de pensar, só digitar e chorar.

Embalado pelo som de foliões refratários, remanescentes do desfile da madrugada anterior, e mesmo o sol marcando o pino do meio-dia, o verdadeiro enredo da vida daquela nação foi cantado em verso e prosa pela sequência de depoentes que tomou o assento das testemunhas. A melodia desse enredo era sempre a mesma. Ela se iniciava com a revelação de um medo individual, inconfessável durante muitos anos, mas que havia muito se apoderara dos corpos, das camas, das mesas, das escrivaninhas, do dia a dia. O medo viera como quem não quer nada e fora, minuto a minuto, se apoderando, milímetro a milímetro, de todo o território cotidiano, de todas as memórias de passado, de todos os planos futuros. A esse medo descomunal logo depois se juntaram as perdas, as dores, as mortes, a erupção da chaga do não saber, do andar em círculos em busca de qualquer informação que pelo menos desse fim à busca. Enquanto a resposta conclusiva não vinha, o medo só crescia; o pavor nosso de cada dia, tomando conta de cada gesto, minando qualquer carícia, qualquer afago, exilando qualquer esperança de que a dor da espera fosse se esquecer de voltar, a cada manhã, para ditar o que seria do próximo dia.

Se a sequência de depoimentos seria suficiente para atingir o objetivo final de condenar Ré Volução, ninguém poderia saber naquela altura. Mas, certamente, durante horas aquelas pessoas se deram conta de que por anos elas haviam compartilhado do mesmo sentimento, da mesma sina. E foi assim, durante essa epifania coletiva, em que todos os presentes, por um ou outro caminho, se descobriram membros de uma mesma confraria, que o Tribunal do Júri concluiu que nenhuma das acusações citadas pela promotoria, não obstante serem crimes sólidos e hediondos, comprovados e reconhecidos legalmente como tais, nada era tão macabro quanto a revelação do que para sempre seria o legado a atormentar aquela geração, seus filhos, e os filhos desses filhos, agora que todos os segredos estavam libertos das lágrimas abandonadas em fronhas e lençóis.

Mesmo envolvido no ritual de interrogar cada testemunha, Fato sentia-se como alguém que consulta e mede o pulso de toda uma nação de atormentados; convidados involuntários a uma parada de horrores se perfilavam diante dele, um a um, como uma cadeia infinita de irmãos siameses unidos por uma dor avassaladora e aparentemente infinita. Em alguns momentos, apesar da vasta experiência do juiz em colher depoimentos dos mais escabrosos, Fato Consumado não conseguiu segurar a tentação de mirar a acusada dos pés à cabeça. Ao ouvir o relato de cada atrocidade, até então desconhecida, Fato se surpreendia com a capacidade de Ré Volução de atingir patamares tão extravagantes de crueldade. Não, ela não era uma criminosa comum, como tantos que esse magistrado encontrara ao longo da carreira. Para classificá-la apropriadamente seria preciso criar uma nova categoria, exclusiva, única.

E, ainda assim, Fato sentia-se incapaz de determinar a medida justa para quantificar a extensão da tragédia humana desencadeada pela acusada. Como medir as ondas de reverberação que se propagariam pelos genes e pelas mentes de gerações que, apesar de ainda nem terem nascido, em algum momento de suas vidas tomariam contato com a herança deixada pela Ré, quer no relato transmitido de pai para filho, quer no toque direto de um do seu seus milhões de tentáculos invisíveis, mas quase perpétuos?

À medida que os depoimentos iam se somando, a revolta barulhenta e panfletária dos primeiros momentos foi cedendo lugar à reflexão silenciosa da plateia e dos membros do Tribunal, que pareciam agora reviver na própria mente as experiências relatadas por cada uma das testemunhas.

Influenciado por esse clima de comunhão comunitária, o cérebro de Fato Consumado, sem nenhum aviso prévio, recobrou das profundezas das memórias a face do filho mais velho, Fato Novo. Como um relâmpago que inesperadamente ilumina o céu de uma noite de verão, a primeira imagem que lhe veio à mente foi a do menino alegre, entrando pela porta da cozinha de camiseta e calção, suado, exausto de tanto se esbaldar no joguinho de futebol de rua, atirando-se ao seu colo para receber a recompensa por um longo dia de ausência. A seguir, veio o adolescente compenetrado, sempre com um livro na mão e na poltrona predileta do pai, lendo em silêncio, enquanto Fato continuava a trabalhar no escritório de casa. Em um segundo, lá estavam os dois juntos, aos risos, descobrindo que nunca se deve pedir suco de laranja nas *ramblas* de Barcelona, seguir as placas em direção à Mona Lisa no Louvre, pisar na grama em Lausanne, ou comer *hagas* no café da manhã, mesmo se você estiver na Escócia.

Curiosamente, havia tempos Fato não conseguia mais visualizar a face do filho adulto, já na universidade, com o "uniforme" de ativista: cabelos pretos encaracolados e compridos, barba de vários dias por fazer, se é que era feita algum dia, jeans puídos, camisa de algodão branca e o coturno de couro preto.

Na manhã do dia em que Fato Novo desaparecera, dois anos antes, era assim que ele estava ao se despedir casualmente do pai, na sala de estar.

E poderia ter sido apenas mais um dia comum, que terminaria, como tantos outros, com o reencontro pouco celebrado, por ser tão trivialmente familiar e, naturalmente, tido como eterno. Naquele homem feito, o sorriso de menino continuava intacto, assim como o olhar de sobrevivente obstinado que Fato Consumado reconhecera, logo no primeiro encontro dos dois, ainda na unidade de bebês prematuros da maternidade onde Fato Novo tivera que passar os primeiros dois meses de vida, lutando, um dia de cada vez, para não sucumbir à enorme tentação de simplesmente desistir de viver.

Mas desistir não fazia parte do vocabulário de Fato Novo. E a prova desse pacto com a vida estava na intensidade daquele olhar que, de dentro de uma incubadeira, num campinho de terra, ou do alto de um palanque de comício, transmitia a mesma mensagem.

Desistir, jamais! Nunca!

Quando a esperança de rever seu filho começava a dar sinais de querer abandoná-lo, Fato Consumado se apegava à lembrança da determinação, da luz que emanava daqueles olhos de prematuro, e procurava seguir acreditando que ela eventualmente indicaria um caminho, qualquer caminho, que trouxesse seu filho, de onde quer que ele estivesse, de volta para casa. Esse era o segredo, o antídoto de Fato contra o desespero: a crença de que aquele olhar acharia um trajeto para longe do perigo.

E como seu filho, quantos mais? Quantos ainda por nascer já estariam marcados para desaparecer sem vestígio algum?

No meio do processo de arguição das testemunhas, Eagora José encontrou a sua esposa na fila daqueles que iriam depor. Desesperada com o sumiço do marido, ela estava *prestes* – a palavra, até então terminantemente proibida pelo regime, começava a circular na clandestinidade e no submundo da periferia – a denunciar o desaparecimento dele. Providencialmente, isso não foi necessário.

Primeiradama Kalker continuava a lixar as unhas, sempre atenta e procurando gravar os menores detalhes da sessão, enquanto as testemunhas se revezavam. Registrava coisas como as feições da acusada, imutáveis durante todo o dia, a roupa das testemunhas, o suor na testa do magistrado (seria ele comprometido?).

Deustodo, bem, Deustodo orava – não se sabe até hoje exatamente para quem. O poeta e o açougueiro, momentaneamente reconciliados, recolhiam dados para um futuro livro, planejado que fosse publicado em algum momento de um futuro incerto, quando os autores defenderiam a união de todas as forças proletárias, antes divididas por querelas e semânticas que diminuíam as chances de triunfo contra o fascismo.

Por mais que procurasse, Funesto Jurocrata não encontrou ninguém das suas relações na fila das testemunhas de acusação. Coincidência?

A acusada, alvo de todas as atenções, mantinha a postura, como se toda aquela procissão de lamentos não tivesse nada a ver com ela.

Aliás, mesmo o autor deste relato, nesse momento do julgamento, deve confessar a sua própria estupefação e, sejamos francos, imaturidade literária, ao tentar descrever judicialmente a interminável lista de acusações que agora brotava, mais do que espontaneamente, do desfile de seres anônimos que se revezavam na tarefa de transferir para dentro do prédio do Fórum o epicentro da tragédia nacional, descascando as várias lamelas que por tanto tempo encobriram os demônios que assolavam a etnia mestiça daquele pobre povo.

A massa de gente, empoleirada no telhado do Fórum tal qual num pombal em contínua expansão, foi ao pouco se fundindo com os dependurados nas canaletas, nas calhas, nos umbrais, nos balcões, cobrindo aquela construção do século passado como uma verdadeira samambaia humana, colorindo com múltiplos tons de pastel o cinza-escuro do concreto da justiça, criando um efeito arquitetônico jamais visto.

Naquele momento, para desespero de todos os presentes, anunciou-se que a taxa de consumo de papel higiênico atingira os incríveis 0,5 cm/pessoa/dia, um valor considerado propício para o início de um levante insurreto, sanguinário. Para conter os ânimos, o senhor May Rinho e mais dois auxiliares trataram de amainar a situação, distribuindo rolos e rolos de serpentina, ainda nova ou pelo menos recém-usada, para aqueles com necessidades mais emergenciais.

A tarde ia caindo sem que as ruas das imediações se esvaziassem. Os corsos, os pequenos blocos de rua, sem mencionar as caravanas de seres transtornados pela falta de qualquer superego, percorriam as vielas calorentas. Funcionários públicos, dentistas, marechais, todos travestidos de odaliscas, cafetões, piratas, alheios a qualquer sinal de suas reais identidades, salvo o próprio DNA, perambulavam sem rumo, checando os pontos de maior agito da cidade, tomando mais um gole aqui e acolá, mostrando sempre que possível as pernas peludas e os sutiãs desproporcionais, os dedões salientes, os narizes e os pomos de Adão.

A sensação de isolamento do Fórum aumentava à medida que cada rachadura do concreto das suas centenárias paredes internas era preenchida pelas dobras de pelos, pele, gordura, músculos e ossos daqueles corpos vivos, formando camadas compactas que separavam o Tribunal do mundo exterior.

Os depoimentos continuaram pela tarde, preenchendo folhas e mais folhas que jamais seriam lidas. Nelas, porém, estariam registrados os detalhes, para que quem tivesse coragem e estômago pudesse se embrenhar, quem sabe um dia, em toda a verdade.

Fato sentia-se mais exausto e emocionado que nos outros dias. Parecia que todo o seu estoque de energia estava prestes – novamente a palavra proibida – a se esvair de vez. Até a pequena farmácia particular já estava completamente desfalcada. Tranquilizantes, analgésicos, anti-hipertensivos, antidepressivos. Tudo consumido. Agora, em caso de necessidade, teria ele também que recorrer ao serviço médico da casa, algo que, em sã consciência, nem ele nem ninguém jamais faria. Isso porque, embora fossem assíduos fãs dos programas de curiosidade médica da rede Trim Plim, os dois coordenadores do serviço médico inspiravam ainda menos confiança do que acadêmicos que, vira e mexe, eram encontrados passando-se por médicos nos hospitais da periferia da cidade. Pelo menos esses últimos levavam sempre consigo manuais médicos atualizados e, na dúvida, gritavam por socorro.

Apesar de surpreso, Nascerta com certeza estava mais do que satisfeito com os depoimentos. Encarando frequentemente o colega Passional com uma expressão mal dissimulada de júbilo, o promotor cruzava a linha do decoro. Mas quem poderia recriminá-lo?

Funesto Jurocrata, que continuava sem reconhecer um rosto familiar sequer na fila das testemunhas, começou a dar sinais de preocupação com a constatação de que membros da assistência, numa roda muito animada, apontavam em sua direção, debatendo alguma decisão que aparentemente não conseguia atingir consenso. Jurocrata sentiu um certo mal-estar, como se a sua vida dependesse, de alguma forma, do rumo daquela discussão.

Exagero, evidentemente.

Pensou ele: o que um bando de foliões semibêbados teria a ver com um alto executivo, expoente do brilhantismo da classe empresarial nacional, que fazia o seu serviço em prol da Pátria, aumentando os seus negócios a qualquer custo, expandindo propriedades, crescendo a olhos vistos, estimulando a livre-iniciativa, preenchendo as colunas sociais, até ser, num descuido, pego de surpresa numa kombi, onde nada mais fazia que dar o exemplo, abandonando momentaneamente o carro a fim de diminuir o consumo de combustível importado pela nação, aliviando os encargos do Estado?

Boa pergunta!

Foi com muito espanto, dessa forma, que o nosso caro Funesto – sejamos íntimos, afinal, nessa altura, todos são parte da mesma família – finalmente encontrou um rosto familiar. Não na fila das testemunhas, como já era previsto, mas na assistência, bem no meio do grupo que cochichava; bem no bolo dos vagabundos, à direita do auditório, onde desde sábado à noite se reunia a gangue mais agitada e potencialmente mais volátil do julgamento. O rosto, sem características marcantes, agora era reconhecido de imediato. Era um antigo funcionário, demitido a bem da eficiência de uma das suas empresas; subversivo evidente, como ele próprio havia confessado depois de alguns minutos de interrogatório amigável na polícia trabalhista, acionada por Jurocrata, homem cumpridor das leis, em resposta à ameaça de resistência à demissão por justa causa. Mediante essa categorização, Jurocrata se livrara de pagar qualquer indenização pelos mais de vinte e cinco anos de trabalho do funcionário. Aliás, por ter aturado tal espécie de ingrato em seus quadros, a empresa era que merecia uma indenização do empregado, segundo a mais recente edição da Lei Estelar de Controle do Trabalho Servil.

De qualquer forma, Jurocrata pensou, era um rosto familiar. Tanto melhor. Ele agora não se sentia tão isolado. Na realidade, esse ex-funcionário parecia ter arregimentado um belo grupo de seguidores, e Jurocrata poderia se vangloriar de estar muito bem acompanhado, de agora em diante. Separando-o dessa "confraternização" havia apenas o tablado e algumas fileiras de cadeiras. E isso mantinha a mente de Jurocrata mais tranquila.

Pelo menos por enquanto.

Lá pelas 23 horas, após 153 depoimentos, três quartos da sala davam claras indicações de que desejavam submeter a acusada a um linchamento sumário. Tudo muito organizado, ritmado, até. Sem que ninguém suspeitasse, algumas picaretas tinham sido trazidas do porão do prédio. Cabos de vassoura eram agora lubrificados freneticamente. Seguia-se, diga-se de passagem, um ritual com a qual a acusada estava claramente familiarizada.

Animada com a movimentação, a velhinha do tricô cravou mais duas carreiras às pressas e começou a amolar as agulhas para poder participar da cerimônia que se avizinhava.

Percebendo pequenos sinais, aqui e ali, de agitação desmedida na plateia, Fato Consumado sentiu que era a hora apropriada para mais uma intervenção, em prol do processo judiciário e do magnânimo papel da justiça; caso contrário, o fim desta narrativa seria bem diferente daquela imaginada pelo nosso maior herói. Uma conclusão atabalhoada dos procedimentos seria uma verdadeira tragédia, afinal tudo tinha sido tão bem planejado... Caso o controle fosse perdido nesse momento crucial do julgamento, ainda mais por conta de uma turba de celerados e pérfidos, tudo teria sido em vão.

Compreendendo o que se passava na mente da multidão, Fato até dava razão aos motivos que levavam a rebelião subterrânea a aflorar por todos os setores do recinto. Mesmo assim, na altura em que já se discutia o destino dos intestinos da acusada, Fato percebeu que estava na hora de agir.

— Senhoras e senhores, ordem no Tribunal!

— Como ordem? Que absurdo! Está na hora de agir, antes que seja tarde e a oportunidade tenha sido perdida. — A voz anônima, vinda da plateia, parecia ter perdido qualquer respeito pela autoridade constituída.

O desafio foi saudado com palmas e gritos de aprovação.

— Senhoras e senhores — era Fato agora que tentava sobrepujar todo o alarido —, nós não chegamos até aqui para nos contentarmos com o caminho da porta dos fundos da História. Não seremos acusados de perpetrar os mesmos crimes imputados à acusada, pelo simples fato de Ré Volução ter agido impunemente durante todos esses anos. Se essa fosse a solução, poderíamos ter acabado com ela no primeiro dia, ou mesmo antes, em qualquer beco escuro da cidade.

— Essa nunca andou em nenhum beco escuro, Meritíssimo. — A resposta da mesma voz da plateia veio de chofre.

— Apenas uma metáfora, meu jovem. Como eu dizia, todo o nosso sacrifício, e o de todos que foram mencionados hoje nesses depoimentos, não pode ser compensado por uma execução covarde apócrifa, ilegal. Não, meus senhores, eu não sacrifiquei compulsoriamente centenas de vidas organizando um último julgamento para que ele entrasse para a História dessa forma vil.

— Nós não queremos entrar para a História! Queremos justiça!

— E vocês a terão, talvez pela primeira e última vez em muito tempo. Talvez sem a violência e o drama barato que desejam neste momento, mas com a grandeza que futuras gerações esperam de cada um de nós. Pois esse julgamento não é nosso. Ele já não nos pertence.

— E o sangue? Quem responde pelo sangue contido nesses depoimentos? Quem vai pagar a conta pelo medo?

— Se vocês não acreditarem naquilo que estamos fazendo e na forma apropriada de concluir esse julgamento, de nada valeu reuni-los, trazê-los embriagados até aqui, abrir as portas para os que desejavam entrar, cobrir as paredes de povo, assinar e reconhecer a firma na sentença de morte de cada um no momento em que cruzamos o batente daquela porta.

— É pouco, muito pouco. A legitimidade não nos conforta, nem aos nossos mortos. Não nos traz de volta os corpos incinerados, eletrocutados, esquartejados, perdidos. Os sonhos abandonados, os amores interrompidos. Não, a legitimidade é pagamento miúdo.

A ansiedade e a apreensão cresciam em staccato.

— Eu entendo vocês, mais do que podem imaginar.

— Como?

— Eu sei...

— Não é possível! Um homem da classe dominante. Filho de um ex-colaborador do regime. Impossível!

Era hora de dar um basta na discussão. Fato respirou fundo e deu prosseguimento:

— Senhor May Rinho, por favor, chame a última testemunha do dia.

— Sim, Meritíssimo. O Tribunal do Júri chama para depor a senhora Amélia Consumado.

Ninguém entendeu nada enquanto a própria esposa do juiz caminhava lentamente até a cadeira dos depoentes. Fato pegara todos de surpresa com o pedido. Instantaneamente, o repórter oficial abriu uma nova página, apontou o lápis e preparou o que seria, um dia desses, a manchete daquele momento histórico.

— Nome?

— Amélia Consumado.

— Profissão?

— Escritora.

— Senhor promotor — disse Fato —, a testemunha está à disposição para o interrogatório. Como se trata de um parente de primeiro grau, encontro-me impedido de prosseguir no processo de deposição. Como não há juiz substituto no Tribunal, cabe a mim delegar a missão a Vossa Excelência.

— Doutor Consumado, eu tenho que protestar veementemente. Trata-se de uma irregularidade sem precedentes em relação às normas do direito processual. Afora a inexistência de inquérito e autos preliminares, surge agora uma testemunha associada intimamente ao presidente do Tribunal. É intolerável. — O advogado de defesa Sempre Passional estava próximo de uma síncope.

— Por acaso o senhor prefere que eu abandone a sua cliente à própria sorte junto à assistência? — Fato foi convincente ao extremo. Passional, sem alternativa, se calou.

— Senhora Consumado, perdoe-me, mas seria mais apropriado que a senhora mesma desse continuidade ao seu interrogatório, em livre prosa, declarando aquilo que a trouxe a este julgamento. — Acuso Nascerta não se sentiu à altura de interferir naquilo que estava por vir.

— Pois bem, senhor promotor. Encontro-me aqui na condição de mãe. Apenas mais uma das dezenas de mães que desfilaram neste tablado, nesta segunda-feira de Carnaval. Diferentemente das mães que se encontram nas avenidas, nos clubes, junto a seus filhos, eu me encontro aqui sozinha, a relatar como mãe a minha história.

"Uma noite, sem que ninguém além de meu marido e eu percebesse, esta mulher sentada à nossa frente penetrou na intimidade das nossas vidas e, num único movimento, eviscerou-nos sem misericórdia, tirando qualquer chama de vida futura que existia dentro de nós.

"Ao desaparecer com meu filho, sem desculpa, sem justificativa, sem destino, ela o transformou em mais um número, mais uma quota cumprida, e nos deixou apenas com as memórias de uma vida que mal havia começado. Matou, salgou, desapareceu, deu sumiço e depois deu as costas, exibindo um largo sorriso de dever cumprido. Decidiu dar cabo de alguém como se escolhe um prato para o jantar, com prazer, sem sofrimento."

A essa altura, todo o Tribunal mantinha os olhos e as lágrimas focados em Fato. Mudo, perdido na memória daquele olhar de menino, Fato não respondia a nenhuma manifestação de solidariedade.

— Eu sou apenas mais uma testemunha — seguiu a senhora Consumado —, uma das muitas peregrinas dos dias e das noites de angústia, de dor, de procura sem fim. Uma das viciadas em tentativas de refutar o irrefutável; a última guarida das lembranças, dos cheiros, dos abraços e beijos de uma parte de mim, que me foi arrancada, na calada da noite, sem ao menos ter o direito de ouvir o último acalanto.

"E, ainda assim, o que eu quero não é vingança, nenhum olho por olho, porque isso não trará de volta o que de mim foi roubado. Para a minha dor não existe cura possível. Por isso, quero algo muito maior; quero o fim imediato desse jugo dilacerante do medo. E a garantia de que até o final dos tempos ele jamais possa voltar a se instalar entre nós e, mais uma vez, reverter a ordem natural da vida e fazer outra mãe 'órfã' de um filho."

— A sessão está suspensa até amanhã às nove horas — Era Fato. Dessa vez, nenhuma contestação foi ouvida no Tribunal.

CAPÍTULO 10

O REI MOMO

Como havia ocorrido em anos anteriores, o calor, a umidade e as nuvens de muriçocas, todos fenômenos típicos dos verões carnavalescos e tropicais, conspiravam com a algazarra da segunda metade do desfile das escolas de samba do grupo especial, impedindo, mais uma vez, que os habitantes do Fórum desfrutassem de qualquer tipo de repouso ao longo da madrugada de segunda para terça-feira. Entre acordes de bateria e o coral de passistas, que pareciam apenas trocar de roupa e de samba para voltar à avenida para o desfile da próxima escola, e os gritos de ambulantes que perambulavam pelas cercanias, vendendo de tudo possível e imaginário, criando uma concorrência desleal para os microempresários do Anexo I, algumas personalidades desse julgamento tentavam tirar o melhor proveito possível da insônia forçada.

G. Túlio Largas Brasil, o nosso representante do mundo das artes, acostumado a perceber os primeiros sinais de qualquer tipo de conspiração, definitivamente sentia algo diferente no ar. Desde o final dos depoimentos no início da madrugada, sabia-se que, de uma hora para outra, tudo poderia acontecer. Inclusive, algumas horas antes, corria o boato de que as ****Três*Estrelas**** haviam conseguido reunir um contingente policial, retirado às pressas do desfile, com a finalidade de invadir o julgamento e resgatar a acusada das mãos da justiça. Ninguém levara o boato a sério: naquele país não havia poder conhecido capaz de remover os membros de qualquer corporação da esbórnia. Entretanto, a proverbial pulga atrás da orelha continuava a incomodar a grande maioria dos rebeldes forenses.

Alheio aos boatos – nunca os levava tão a sério –, Largas Brasil identificava a razão da sua angústia noturna: toda a História dos feitos de Ré Volução chocara o espírito do velho artista. G. Túlio Largas Brasil não podia tolerar os testemunhos do dia anterior. Só de lembrar, sentia enjoo, uma verdadeira repugnância pela falta de zelo com que o regime lidara com os opositores.

Antes que algum bocó menos avisado tenha a ideia de requerer que G. Túlio Largas Brasil vire nome de avenida em toda metrópole ou vilarejo da nação, vale a pena esclarecer um pouco mais o que se passava pela mente do jurado. Para começar, as náuseas desse nosso prezado artista circense não foram causadas pelos inúmeros relatos de maus-tratos, torturas, violações, mortes e desaparecimentos. Muito pelo contrário, o que causara a reação parassimpática de Largas Brasil fora o impressionante grau de *incompetência* demonstrada por aquela mulher e seus subordinados, que permitiram, por negligência criminosa, que aquelas testemunhas vivessem e pudessem produzir provas irrefutáveis contra Ré Volução e o regime. Os grandes líderes – G. Túlio Largas Brasil sabia muito bem – não devem nunca titubear antes de empregar todos os métodos a seu dispor para alcançar os devidos fins. Todavia, esses mesmos líderes devem estar também preparados para eliminar qualquer vestígio das suas ações. Se ele, Largas Brasil ou um dos seus colegas estivessem no comando, não só não haveria provas como nenhuma testemunha, viva ou morta, ousaria pôr o pé nesse Tribunal. Não haveria desaparecidos, eles simplesmente nunca teriam existido, da mesma forma que em alguns países vizinhos, que mostraram muito mais profissionalismo e competência para lidar com a questão. Nada de registros de óbitos, fotos de cadáveres, nem mesmo certidões de nascimento dos elementos subversivos. Ninguém poderia provar que algum dia esses traidores respiraram o ar deste planeta.

Se ele, G. Túlio Largas Brasil, estivesse no comando, não haveria brechas, falhas, nem vestígio de rebeldia no Poder Judiciário. Agindo assim, diferentemente do que agora ocorria com a acusada, ele, para todo o sempre, seria lembrado como um líder amado por seu povo, pois, apesar dos meios, a realização dos fins o consagraria, porque apenas os fins interessam à turba, ao povão.

Entusiasmado com os próprios pensamentos de grandeza, por um momento G. Túlio Largas Brasil imaginou como seria virar imortal, como seria cravar sua presença na memória de milhões e milhões de pobres coitados, geração após geração, sem que nenhuma dessas vítimas do crime de apropriação indébita neuronal experimentasse a menor suspeita de que o objeto da sua idolatria era, na verdade, o próprio instrumento da sua escravidão.

Longe de cometer a indelicadeza de interromper o delírio pessoal do nosso jurado, estritamente por dever profissional, urge informar ao leitor menos avisado que, como os aposentos do júri estavam localizados na metade do Fórum com janelas voltadas para o mar, G. Túlio Largas Brasil, perdido em seus sonhos olímpicos, não tinha como notar a propagação de um alvorecer quase extraterrestre que começara a se espalhar, na contramão das leis da física, da terra em direção ao mar, como se alguém tivesse acelerado a fita do amanhecer ao limite de velocidade. Brilhante, imensa e ruidosa, como um sol sofrendo para mudar de categoria, a fonte de luz cintilante explodiu de vez, num estalido ensurdecedor, antes que alguém pudesse se dar conta do local da sua origem.

Como se não bastassem os choques retiniano e auditivo, àquela explosão luminosa se seguiu um vendaval bíblico, algo nunca visto em paragens do novo mundo. Uivando em sincronia com o feixe de luz, a voz de soprano do ciclone tropical veio apenas confirmar que o já conhecido ritual macabro estava, mais uma vez, descortinando-se em público, para o consumo gratuito de todos. Pela terceira vez em três dias, mas agora triplicado em intensidade, o brilho de desintegração estelar, seguindo do sibilo de morte já familiar, varreu o território nacional em segundos, colorindo o breu da noite com um sol de meio-dia.

Apesar do precedente de noites anteriores, ninguém quis dar sopa ao azar e assumir que a nova explosão estava relacionada aos eventos passados. Por conseguinte, o rápido desencadear da onda de luz azul-violeta causou pânico generalizado em todos os grotões da nação, bem como na organização e na harmonia da escola de samba que tivera o azar descomunal de estar desfilando naquele exato momento épico da História nacional. Desarvorada pelo pânico, a elaborada estrutura formada por dezenas de alas de passistas derreteu em questão de nanossegundos. No meio desse salve-se quem puder em ritmo de polca eletrônica, cada um procurava defender o seu e encontrar um abrigo seguro, onde quer que fosse possível: por sob a cobertura dos carros alegóricos, na marquise das arquibancadas, nos camburões da polícia e até mesmo por debaixo das múltiplas camadas das enormes saias rendadas das baianas, que, incapazes de se mexer pelo peso das fantasias e da idade, resolveram manter sentinela e aguardar o final do mundo plantadas como palmeiras de raízes rasas, expostas ao lamber dos ventos por toda a avenida.

Em poucas e sucintas palavras, a paúra foi irrestrita, generalizada e incontida. Seguindo a melhor e mais pura tradição do heroísmo nacional, a enorme maioria das testemunhas do evento mijou-se profusamente; uma fração considerável ainda se borrou por inteiro e um número significativo encontrou disposição para confessar, de joelhos, com ambas as mãos apontadas para os céus, todos os seus crimes, mesmo uns tantos ainda não cometidos, só por via das dúvidas, sempre aos prantos, entoando rezas, intercaladas com pedidos de misericórdia, naquele que parecia ser o prelúdio do tão propalado, e nunca testemunhado, juízo final.

Décadas após o ocorrido, todos os descendentes dos participantes desse evento saberiam de cor e salteado o que faziam seus ancestrais no instante em que foi decidido ensaiar, sem aviso prévio, o apocalipse.

A hecatombe durou vários minutos, até que os últimos raios de luz desaparecessem no horizonte e a pegada do vendaval começasse a dar sinais de trégua. Ainda sobre o impacto do choque inicial, a população começou lentamente a deixar seus abrigos improvisados. Em silêncio, todos esperavam a confirmação, que não tardou a ser oferecida, pelo mesmo veículo de comunicação de massa responsável pelos anúncios anteriores. Num tom ainda mais sombrio, a Rádio Estatal começava a transmitir o obituário da *E$trela*Fazenda*.

Ouçamos, pois, a transmissão, como ela se deu:

— Faleceu nesta madrugada, vítima de um mal súbito, enquanto assistia ao desfile de Carnaval no seu bunker favorito, a digníssima *E$trela*Fazenda*. De acordo com as autoridades médicas do regime, todas as três cabeças apresentaram sinais de uma apoplexia irreversível, que evoluiu para óbito sem que nada pudesse ser feito. As **Duas*Estrelas**, autoridades máximas da nação, reiteram o seu compromisso irrevogável para com a ordem e a segurança. Anunciam também que as cinzas da falecida serão depositadas no Mausoléu Estelar, onde já repousam suas duas outras companheiras. Antes, porém, o corpo será velado em um ataúde especialmente confeccionado por um grupo de subversivos arrependidos para acomodar a anatomia inigualável dessa heroína da Pátria. Por livre e espontânea vontade, dois desses penitentes acompanharão *muito* de perto a cremação do corpo da estrela caída, como forma de homenagear todos os seus feitos. Durante a cerimônia serão apresentados os novos armamentos construídos pela indústria bélica nacional, incluindo uma pequena demonstração da eficácia e pontaria de uma nova bazuca. Para esse exercício, um grupo voluntário de patriotas, todos ex-terroristas, servirá como peça de alvo.

A transmissão continuou por alguns minutos, lamentando novamente a perda tão inesperada. Anos depois, a prova cabal da surpresa com que o fim surpreendera a ***E$trela*Fazenda*** se deu com a revelação de que o corpo fora encontrado vestindo apenas um cuecão tipo samba-canção, camiseta sem mangas, meias de lã e três bonés diferentes... afinal, cada cabeça torcia para um time de futebol distinto.

E agora, o *grand finale*:

— Convocamos toda a população a prestar a última homenagem à nossa líder oferecendo, como prova de fidelidade ao regime, um minuto de castidade durante essa terça-feira de Carnaval. Na quinta-feira, o folião se recolherá.

Fim da transmissão.

Enquanto ainda pipocavam lampejos de claridade, relâmpagos retardados e resquícios faiscantes da explosão, Fato Consumado seguia, do balcão do segundo andar do Fórum, o espetáculo pirotécnico no qual se dissolvera a existência de mais uma ***Estrela***. Da posição avantajada, o Meritíssimo viu o céu, ainda brilhando, permanecer iluminado até que o amanhecer verdadeiro afirmasse seu direito adquirido e tomasse conta do firmamento, por usucapião com escritura lavrada e reconhecida em cartório.

Nas ruas, o pânico passou. Tão logo os passistas começaram a abandonar os seus esconderijos, emergindo de volta à avenida por debaixo dos carros alegóricos, das arquibancadas e das saias de baianas, o desfile aos poucos voltou a tomar forma e reassumiu o percurso rotineiro. Exaltados, os diretores da escola prejudicada pediam a impugnação da cronometragem oficial, que não fora interrompida. Todas as outras escolas, todavia, resistiam freneticamente à tentativa, vislumbrando a chance de passar a perna na agremiação favorita, subvencionada pelo maior contraventor do país, que o destino colocara na avenida para desfilar precisamente durante a desintegração estelar. Sempre otimista, Fato Consumado identificou até mesmo nessa curiosa coincidência sinais de que o reino da justiça estava lenta e progressivamente se enraizando – por linhas semitortas, era preciso admitir – no cerne daquela sociedade tropical.

Depois de todo o susto, e com a certeza de que o final do mundo não dera as caras por essas bandas ainda, o já conhecido cinismo da população começou a tomar conta das conversas. Subitamente, a morte de uma ***Estrela*** já estava virando charque. Para o vendedor de churros do Anexo I, toda essa história parecia pisar na Lua: depois da primeira vez, era tudo igual. Vale esclarecer, porém, que, antes de fazer esse pronunciamento audacioso, o nosso caro empresário havia providencialmente trocado as calças, em que ele havia depositado toda a sua coragem durante a explosão de luz e vento de minutos antes.

Depois de mais uma madrugada de emoções, a vida retornou à normalidade na manhã de terça-feira. Dada a tranquilidade, podemos nos dar ao luxo de ouvir com mais atenção o bacharel Sempre Passional, defensor oficial da acusada, que foi citado nesse relato – quase sempre imparcial –, em momentos-chave do julgamento, desempenhando o papel ingrato a que era obrigado, estando evidente a falta de tato que ele tinha em colocar-se perante a Corte.

Prova dessa baixa popularidade pode ser encontrada nos pequenos atentados de que Sempre Passional vinha sendo vítima ao longo do julgamento, todos levados a cabo por elementos movidos por um revanchismo desenfreado. Por exemplo, durante os quatro dias, Passional teve toda a sua quota diária de papel higiênico roubada. Pela necessidade premente, não houvera alternativa a não ser improvisar. Começara se valendo de anotações, cartas da mãe e até, em momentos de desespero extremo, todas as fotos da família que trouxera na carteira. E o martírio não ficaria por aí. As vaias durante suas intervenções eram constantes. Durante as sessões, por várias vezes, preservativos contendo substâncias líquidas de baixa reputação química haviam sido arremessados, como projéteis, em sua direção. Tratava-se de um velho hábito das torcidas futebolísticas daquele país, ali ideologicamente adaptado às circunstâncias forenses. No topo de todas essas mazelas, os aposentos destinados à defesa eram constantemente invadidos por tropas de vândalos, que deixavam pelas paredes provas biológicas sólidas da sua passagem pelo recinto.

A vida certamente era cheia de privações quando a escolha era tão impopular como a feita por Passional. Mesmo assim, o ilustre advogado fazia valer com o próprio martírio o princípio inalienável de que todos têm direito à defesa, por pior que sejam os seus crimes, mesmo se tratando de um genocida ou da personificação das sete pragas do Criador, como parecia ser o caso da sua cliente. Além de ser aquele um caso intrinsecamente difícil de argumentar, dado o enorme acúmulo de provas testemunhais, Passional tivera que lidar com toda sorte de excepcionalidades processuais. Mas que remédio? Era aceitar as regras do jogo ou cair fora, algo que ele não faria, nem mesmo nas condições extremas de privação em que se encontrava.

Seja como for, terça-feira era o dia de as testemunhas de defesa serem inquiridas pelo juiz. Passional nunca se sentia bem nessas ocasiões. Não que tivesse algo contra as testemunhas em si, mas esse sempre era o momento de maior tensão de todo o julgamento. Uma testemunha vital para a absolvição podia, de repente, ser pulverizada, particularmente quando inquirida por um juiz tão experiente quanto Fato. Isso acontecia, e não raramente toda a argumentação da defesa perdia sua continuidade, deixando Passional seriamente desorientado. Ou então, num instante qualquer, a porta do auditório poderia se abrir e um daqueles detetives particulares, frequentadores de matinês dos filmes policiais enlatados do País do Norte, poderia entregar ao Tribunal mais um dossiê contendo evidências que comprometiam a idoneidade de um de seus depoentes. Tudo muito emocional, extremamente cardiolítico para um homem que, apesar de viver constantemente sob tensão, nunca se acostumara totalmente a ela.

As testemunhas da defesa se preparavam para entrar na sala, todas usando capuzes pretos que expunham salientemente apenas os narizes, uma vez que óculos escuros lhes escondiam os olhos.

Passional, por sua vez, dava o último retoque na estratégia de defesa a ser apresentada posteriormente, quando chegasse sua vez de falar ao júri. De acordo com esse plano, Passional procuraria primeiramente caracterizar a quase unanimidade com a qual o nascimento da acusada fora recebido pela sociedade nacional. Dali, ele passaria a demonstrar as vantagens, a prosperidade, o progresso que o país experimentara durante aqueles anos. Aos poucos, com uma pitada de sorte, Passional procuraria provar que quase todos os presentes, inclusive o júri, haviam depositado sua confiança na atuação firme e inflexível da acusada. Muitos, inclusive os carbonários responsáveis por todos os atentados contra a defesa, teriam, no passado, constituído a linha de frente da implementação dos desígnios de Ré Volução. Para provar sua tese, Sempre Passional incluiria membros diversos da sociedade, como religiosos, motoristas de táxi, políticos.

Para finalizar, Sempre Passional traria à tona o tema central da promotoria: o medo. A defesa o apresentaria de outro ponto de vista, como um instrumento importantíssimo para garantir a segurança e a ordem da nação num momento caótico da nossa História, como um verdadeiro elo agregador, disciplinador, que contribuíra inquestionavelmente para o progresso material e moral do país. No que tange às baixas, elas seriam tratadas como dano colateral de uma verdadeira guerra pela alma da nação. E, no frigir dos ovos, o que significava a perda de um punhado de comunistas, subversivos, poetas desempregados, pregadores do amor livre, inclusive o de cunho homossexual, estudantes sem rumo, filósofos do apocalipse, quando se estava diante da chance de oferecer a essa etnia mestiça ignorante a oportunidade de alcançar o milagre desenvolvimentista?

Nada, ou quase nada. Um mero punhado de poeira cósmica no universo estelar.

Imerso num lampejo de euforia, Passional se convenceu de que a linha de raciocínio estava adequada e relaxou.

Novamente, como na véspera, os corpos alinhados em fila única foram entrando e tomando seu lugar no tablado da frente do auditório. Os capuzes negros realçando narizes de todas as configurações possíveis e imaginárias, muito elegantes, deram outro tom ao padrão da moda dominante no julgamento. Dir-se-ia, anos depois, que os maiores cirurgiões plásticos do país teriam pagado qualquer preço pela oportunidade de testemunhar tal desfile nasal, revelando, em vários planos e de vários ângulos, as configurações irremediavelmente aduncas, flagrantemente arrebitadas, ou simplesmente tortas de doer.

Mais uma vez o espaço editorial restrito, o mesmo que conspira contra a liberdade de expressão literária de todo autor apaixonado pela própria ficção, nos impediu de registrar os pormenores de cada depoimento, mesmo porque todo o papel alvo e fino, destinado originariamente a receber tal relato, teve que ser providencialmente consumido para outros fins, tão menos dignos quanto mais prementes.

Diferentemente do dia anterior, o nosso jurado Funesto Jurocrata reconheceu de imediato muitos dos narizes que se enfileiravam para depor. Narinas e septos íntimos do seu cotidiano se perfilavam e tomavam o banco das testemunhas bem à sua frente. Mesmo que os nomes e vínculos empregatícios das testemunhas fossem omitidos, Funesto poderia recitá-los de cor e salteado, de trás para a frente, até mesmo em sânscrito ou aramaico, se fosse necessário. Presidentes de associações, como a temida ANFNGNAEpAE_de_PN, representantes dos colarinhos-brancos (grupo social muito em moda à época), conhecidos trambiqueiros do mundo dos altos negócios, políticos famosos, banqueiros, e toda espécie de cara de pau, mau-caráter, chantagista, estelionatário e escroque, só para citar algumas categorias, haviam sido recrutados pela defesa para serem inquiridos pelo juiz.

Um grupo seleto, sem dúvida.

O que se segue é o único relato que sobreviveu aos eventos daquele dia, transcrito pelo senhor escrevente em algumas centenas de metros de serpentina da amostra que, logo no início da sessão, fora distribuída pelo senhor May Rinho a todo o plenário, resultando numa das mais prolongadas ovações públicas recebidas por um funcionário do Poder Judiciário.

Ressalte-se que o problema técnico criado pela impossibilidade de mudar de linha numa fita de serpentina foi corrigido a posteriori para que o nosso querido leitor não se sinta prejudicado com o que resultaria em uma mudança radical nos seus hábitos geométricos de leitura.

Pois bem, depois de tanta enrolação, melhor mergulhar diretamente nos fatos.

A última testemunha da defesa causou curiosidade na plateia logo à sua entrada. Para começar, ela não usava capuz. Assim, da porta de onde antes emergiam apenas narizes empertigados despontou o primeiro rosto completo. A mudança de padrão visual causou um mal-estar imediato. Foram necessários alguns minutos até que todos se acostumassem com o novo visual, uma vez que os cérebros presentes já haviam assimilado o tema da defesa e suas narinas ao vento.

A testemunha, sem dar a mínima para a consternação da plateia, dirigiu-se à sua cadeira com um imenso sorriso cheio de dentes (algo raro, diga-se de passagem). Muito seguro de si, vestido num terno azul-marinho, claramente cortado à italiana, esse senhor ostentava no lado esquerdo do paletó centenas e centenas de pequenos objetos metálicos, brilhantes, cheios de fitas coloridas. O peso de tais ornamentos deveria ser substancial, visto que a testemunha caminhava arcada para a frente, em pelo menos trinta graus, apesar do contínuo esforço de se manter ereta.

Seu trajeto por aqueles poucos metros foi marcado por uma sequência de cenas, no mínimo, peculiares. De cara, ele chutou a boca do escrevente. Logo a seguir passou uma rasteira na moça do café, virou o rosto para emitir um impropério para a velhinha do tricô e escarrou no chão antes de tomar seu assento. Tudo enquanto mantinha aquele sorriso de propaganda de pasta de dente.

Acomodado, abriu o paletó, expondo propositalmente suas duas pistolas automáticas, elegantemente armazenadas em coldres de couro, além de outros itens de defesa pessoal que incluíam: sete granadas, duas bombas de efeito moral, duas peixeiras, um punhal, dois canivetes de escoteiro e uma imagem de São Jorge.

— Nome? — assobiou o escrevente, uma oitava acima do habitual, ainda se recuperando da perda dos dois incisivos e dos caninos superiores.

Pelo desrespeito aparente, antes de responder, a testemunha, com uma cotovelada certeira na arcada inferior, completou o serviço odontológico de preparar o senhor escrevente para a sua nova prótese dentária.

Antes que alguém, mesmo Fato, pudesse articular qualquer reação, a identidade da testemunha foi revelada:

— General Avilton Nutz.

— Profissão? — O som da voz do escrevente já era mais homogêneo, uma vez que o ar eliminado pela cavidade oral não encontrou mais barreiras físicas além das gengivas ensanguentadas.

— Ex.

— Como assim, *ex*? — Fato não se conteve e, inadvertidamente, cruzou a linha da prudência.

— Ex-chefe do serviço secreto estelar, ex-diretor da agência de segurança estelar, ex-responsável pela ordem e moral do regime estelar, ex-envolvido em assuntos estratégicos do Estado estelar e ex-candidato a ***Estrela***.

— Nessa condição de ex, o senhor se considera apto para depor neste caso? — Fato continuou desafiando a própria sorte.

— O senhor tem alguma dúvida? — A resposta foi proferida com um certo grau de exaltação do depoente, que agora estrangulava um pequeno jabuti que sempre o acompanhava, no bolso externo do paletó, nessas ocasiões.

— Não, em absoluto! — Fato retornava aos níveis seguros de sanidade. Assumiu, então, o interrogatório: — Pois bem, General Nutz, o seu depoimento é extremamente bem-vindo e fundamental para a tese da defesa da acusada. Portanto, peço-lhe que exponha, à luz de sua própria interpretação, a realidade do nosso país durante a vida de Ré Volução, que o senhor conhece tão bem. Não farei perguntas. Elas apenas restringiriam o depoimento a meros fragmentos circunstanciais, privando os senhores jurados e a assistência da riqueza de dados e informações que só alguém que ocupou tantas posições de liderança como Vossa Excelência poderia oferecer. Por favor, comece de onde desejar e prossiga no seu ritmo.

— Assim será melhor mesmo, sem nenhuma frescura. — Nutz já tomava controle da situação com a truculência que lhe era peculiar. Afinal de contas, ninguém nunca o restringira em nada. Os que tentaram ele prendeu, arrebentou ou, bem, não vem ao caso neste momento.

Pelas cinco horas seguintes, o general prosseguiu ininterruptamente com o depoimento. Nem uma mosca ousou desafiar o silêncio do auditório durante o relato, que deixou até as paredes de mármore do auditório intimidadas. Boa parte do depoimento do general foi usada para expressar a sua admiração pela acusada, externar a lealdade à causa que fora responsável pela sua concepção e descrever a conjunção de eventos e circunstâncias que permitiram que a nação fosse salva do cataclismo que seria a tomada do poder por seres levianos, malévolos e covardes. Sim, covardes. Ele, General Nutz, conhecia a natureza dessas pessoas, especialmente em situações muito particulares, durante as quais entregavam a si mesmas e a todos os seus "companheiros", imploravam pela morte, se borrando inteiras com a mera presença do próprio general na sala de interrogatórios.

Mas ouçamos a própria voz do general:

— Durante anos a fio dediquei-me como um animal à derrocada da insurreição vermelha, participando da preparação da nossa estratégia de repressão, de combate, e até da elaboração da campanha de marketing para convencer as massas inocentes a colaborarem com a nossa missão. Na linha de frente da guerra, percorri cada vilarejo, cada estrada, cada riacho, identificando pelo faro a trilha de fuga desses traidores. E em cada batalha, quando a minha lealdade pela acusada foi testada ao limite, eu derramei provas de fidelidade cega e irrestrita. E assim, passo a passo, corpo a corpo, cruzei a linha de chegada da luta, atingindo o objetivo final: o extermínio completo do inimigo, sem misericórdia, sem compaixão.

"Alçado ao topo da carreira como o mais condecorado e reconhecido combatente da insurreição — Nutz apontou para os pedaços de metal que cintilavam no peito —, esperei calado o reconhecimento condizente com os trabalhos prestados à Pátria. A honraria maior, o grande anseio de todo patriota que doou o próprio sangue à causa da salvação do pendão nacional, seria a convocação para entrar no panteão dos heróis e se converter numa das **Estrelas** dirigentes. O cume da montanha de onde tudo se faz, tudo se pode, tudo que se quer se tem, onde não existem desejos não satisfeitos. O Olimpo de onde se dita a lei.

"Até o cavalo branco, como o próprio Napoleão, eu já tinha. Esperando apenas a confirmação daquilo que me era devido, pratiquei a arte da equitação, desfilando pela capital da República de farda completa, ostentando todas estas medalhas que carrego comigo até hoje. Estava pronto para tomar meu lugar como verdadeiro líder nacional, aquele que anda a cavalo na sala de estar do palácio, come a mulher do próximo e ainda recebe um muito obrigado do marido corno, estoura o cheque especial sem ter que se preocupar com telefonema de gerente, reclama com certa frequência do cheiro do povo, do gosto do churrasco de costela malfeito, julga a bel-prazer os vivos, os mortos e todos que se encontravam no meio do caminho dessas duas categorias! Ah, a soberba inigualável, a arrogância infinita de ser ***Estrela*** e mandar todo o resto para a puta que os pariu! Tudo à custa de milhões de imbecis, paralisados pelo santíssimo e glorioso medo, esse aliado infalível e implacável que, uma vez liberado, se propaga como vírus sem vacina, veneno sem antídoto!

"Mas não, após todo esse esforço, todo o trabalho para quebrar ossos e espíritos, desmembrar, esquartejar, triturar, carbonizar e eliminar da face da Terra todos os vermes que ousaram nos desafiar, o que me foi presenteado como butim?"

Aterrorizada, a plateia não esboçou saber a resposta. O general não se importou e respondeu à própria indagação:

— Aposentadoria compulsória, um pijama, um jabuti velho de estimação — Nutz deu mais um apertão no pescoço do seu parceiro —, uma TV japonesa, perpetuamente ligada – na qual o general assistia a *Jonny Quest*, fã que era de Roger Race Bannon, agente secreto da CIA –, e um bando de netos choraminguentos, de nariz pingando. Nada mais. Senhoras e senhores, eu fui traído! De forma vil, por esta mulher, que eu jurei defender até a morte.

Sempre Passional sentiu a primeira angina no peito naquele exato momento.

— Sim, Ré Volução me traiu pelas costas, a sangue-frio. Abandonou-me para morrer à míngua, cercado por uma matilha de cães hidrófobos, descendentes bastardos de todos aqueles que eu eliminei com as próprias mãos para garantir o reinado desta criatura.

A segunda pontada nas costas foi mais aguda. Passional se dava conta de que toda a sua estratégia começava a desmoronar como um castelo de areia varrido por uma onda certeira do mar. A sua testemunha-chave convertera-se no seu carrasco e algoz.

— A ordem de Ré Volução — continuou o general Avilton Nutz — foi explícita: "Livrem-se dele imediatamente". E, assim, eu recebi um pé na bunda, desferido por ex-colegas de farda. Mostraram-me a porta dos fundos e me disseram: "Seus métodos não são mais necessários. Suma, desapareça, vire-se. Vai ser ex na vida. Vai, vai usar pijama por todo o dia, aposentar as granadas, a metralhadōra. Cuide do aquário, assista às novelas, faça umas palavras cruzadas e bico calado". Quis ser estrela e acabou como meteorito!

Para total consternação do Tribunal, o general mais temido do regime chorava copiosamente no banco das testemunhas. Choro colérico, carregado de ódio e rancor.

Nada de frescura, ressalte-se!

— Esta mulher foi a minha desgraça. Num só gesto ela destruiu minha carreira no momento em que eu estava prestes – inacreditável, até o General Nutz usando palavras apócrifas – a atingir o meu destino. Desde o dia fatídico em que fui afastado, prometi a mim mesmo que não descansaria até vingar o atentado à minha honra de patriota. Assim, senhoras e senhores, eu gostaria de aproveitar esta ocasião para declarar publicamente que estou me bandeando para a oposição.

A falta de ar atacou Passional irremediavelmente.

— Combaterei as **Estrelas** que sobraram aqui, nas ruas da cidade, nos parques de diversão, nos shopping centers, até nas selvas se for preciso. Entrei de cabeça na luta pelo fim do regime, mesmo que custe a minha própria vida. Ame-o ou deixe-o; pois bem, eles não me amaram, agora eu os deixo! Dessa forma, neste Tribunal do Júri, eu, General Avilton Nutz, renego todo o meu passado e as minhas origens e, tal qual as operações cirúrgicas escabrosas que andam fazendo por aí, mudo de lado; me transvisto, renasço, me submeto à metamorfose voluntária, de reacionário a subversivo. Reporto-me ao coletivo judiciário e ao Meritíssimo pronto para aceitar qualquer missão. Oposicionista ferrenho, democrata convertido, defensor dos direitos humanos e dos oprimidos. À sua disposição.

Atônitos, plateia, testemunhas encapuzadas com narizes respingando, jurados e juiz trocavam olhares tentando orquestrar uma reação proporcional ao surpreendente depoimento e à inesperada virada de casaca do general mais odiado do regime. Na mente da maioria, um sem-número de perguntas vitais e incômodas se materializava na forma de doloridas tempestades corticais. A maioria delas girava sobre o mesmo tema: o que fazer com esse novo aliado, tão indesejável? Como desvencilhar-se do asco provocado pela sua presença naquele Tribunal, símbolo da insurreição contra o poder tirânico do qual ele fora um dos principias arquitetos?

Quando os ratos começam a abandonar o barco, o naufrágio parece inevitável. Ainda assim, a confusão mental reinante era grande.

O choque da deserção do general era algo difícil de assimilar, principalmente pelas vítimas presentes de alguns dos milhares de crimes cometidos por ele.

Uns poucos, porém, refeitos do choque, rapidamente começaram a utilizar suas redes neurais para articular outro tipo de pensamento. Esse podia ser resumido na forma da seguinte indagação: como tirar proveito máximo daquela adesão extemporânea? Como se livrar de um algoz e ganhar um aliado poderoso?

A solução para o dilema brotou espontaneamente depois de um pequeno esforço de *crowdsourcing* organizado às pressas por uma empreendedora do Anexo I, que distribuiu essa questão aos milhares de ouvintes do julgamento. Sigamos, então, os passos que levaram ao surgimento da forma de lucrar com a situação inusitada.

Era óbvio para os presentes que o regime estelar conspirava a fim de interromper os trabalhos do Tribunal. Sendo assim, seria de bom-tom mapear os movimentos do inimigo, seus planos, sua estratégia de ataque. Nada melhor, portanto, do que infiltrar em suas linhas um espião tupiniquim, o imperador dos arapongas, o mestre da intimidação, para coletar informações preciosas que poderiam ajudar a traçar o plano para sobreviver às próximas 48 horas. Para tanto, o novo convertido precisaria apenas de um bom disfarce que lhe possibilitasse penetrar nas defesas do inimigo, dispersas pelo desfile que comia solto lá fora, e transmitir a um contato escolhido a dedo pelo coletivo forense todos os passos da operação planejada pelas autoridades.

Estava resolvida a missão que desempenharia o espião. Faltava agora, apenas, o disfarce ideal.

Informado da decisão do coletivo, o General Avilton Nutz, rejuvenescido pela confiança depositada e pela nova tarefa, liberou novamente o seu espírito de obediência cega, tão caro a um militar, e assimilou de imediato a nova função. De agora em diante, seria o infiltrado da resistência, um verdadeiro James Bond dos trópicos. Oculto, andando pelas sombras e pelos becos, sem chamar a atenção, cumpriria sua missão com dedicação exemplar e esmero acima da média. Emocionado com a volta à ativa, perguntou sobre o detalhe principal:

— E qual vai ser o meu disfarce? — indagou, curioso.

— Rei Momo, General. Rei Momo — Fato interveio.

Sem poder conter a aprovação, a plateia entrou em erupção, aprovando por unanimidade a nova identidade do emissário.

Emocionado com mais essa prova de apoio dos novos correligionários, comovido por estar de volta à linha de frente, promovido a centroavante do time da insubordinação, Avilton Nutz se perfilou, saudou a bandeira com a continência perfeita e começou a entoar uma pequena marcha de guerra, repleta de menções de heroísmo, sangue e sacrifícios pela Pátria.

Depois de devidamente paramentado com o cetro, a coroa e a fantasia de Rei do Carnaval, lá se foi o nosso ex, porta afora, cumprir o destino de traidor do regime.

Durante os dez anos seguintes, muitas foram as testemunhas que dizem ter avistado o general, vestido de Momo, espreitando por entre as escolas de samba, nas arquibancadas do Sambódromo, ou mesmo por salões dos bailes da cidade, à espera do contato mandado pela rebelião para que ele pudesse transmitir toda a informação coletada com grampos, interceptações de cartas, dossiês e toda sorte de mexericos obtidos por uma rede de alcaguetes montada para apoiar a missão.

É assim a vida dos obstinados.

Vale ressaltar, porém, que, antes de sair do prédio do Tribunal, o general teve que responder a um último aparte do senhor promotor.

— Senhor general, sabendo tudo que o senhor sabe, tudo que nos relatou, qual pena o senhor recomendaria para Ré Volução?

— Essa é fácil. Cortem-lhe a cabeça!!!

Não houve tempo para qualquer manifestação de assombro ou júbilo, além do primeiro orgasmo experimentado pela velhinha do tricô em meio século. Por momentos, toda a atenção dos presentes se fixou na direção do barulho surdo e compacto produzido pelo corpo inerte do bacharel Sempre Passional, que, desfalecido, atingia o solo do tablado, ciente de que tudo agora estava irremediavelmente perdido.

CAPÍTULO 11

A PORTA-BANDEIRA

Para se ter uma ideia de quanto o julgamento e todos os eventos que dele se originaram durante o Carnaval haviam afetado aquele país tropical, não é preciso gastar mais do que um par de parágrafos, escritos em serpentina azul esmaecida.

Calejados por tudo o que passaram desde o início do julgamento, pelos depoimentos dos últimos dois dias e pela perspectiva do que poderia acontecer nas próximas 24 horas, os milhares de ouvintes que, a essa altura, mais do que superlotavam tanto o Fórum como as suas imediações quase não demonstraram nenhuma reação quando, discretamente, a Rádio Estatal anunciou o passamento repentino de mais uma ***Estrela***. Como se toda a energia armazenada pelo regime nos seus anos de reinado de terror estivesse perdendo sua força cinética, a dirigente expirou sem explosão, sem brilho, sem vendaval. Na gíria popular, caiu de madura.

Foi-se. Escafedeu-se. Relegada à sarjeta da História nacional, numa mera nota de rodapé das colunas sociais daquela terça-feira de Carnaval.

Com esse pano de fundo de redução de densidade estelar, a penúltima noite passada nas dependências de um Fórum que já dava mostras de não mais aguentar o influxo humano que o preenchia até os limites da sua estrutura molecular foi bem mais tranquila que as anteriores. E, ainda assim, o rumor de que restara apenas uma ***Estrela*** como sobrevivente da epidemia iniciada por aquele julgamento criara uma expectativa muito grande do que ainda poderia estar por vir, uma vez que, pela última década e um terço, nenhuma outra forma de poder real, a não ser aquele exercido pelas ****Estrelas****, havia dado sinais de vida.

Talvez ainda mais surpreendente que o passamento de mais uma dirigente estelar era o contínuo influxo de gente na praça em frente ao Fórum, iniciado no final da tarde e que não dava mostras de cessar por toda a noite. Pela primeira vez durante todo o Carnaval, faltariam passistas para o desfile que encerraria as festividades naquela madrugada. O entusiasmo na avenida, de longe, já não era o mesmo; o samba atravessava e as alas evoluíam com grandes buracos, físicos e mentais. Outra prova de que algo acontecera era que, diante do prédio do Fórum, a preocupação central da maioria dos passistas não era mais a de se exibir aos jurados do desfile, mas sim arrumar um jeitinho de desertar e se juntar ao abraço humano que envolvia o Tribunal.

No começo da madrugada, além disso e pela primeira vez nos quatro dias de Carnaval, agora eram os foliões que procuravam ouvir os ruídos humanos vindos de dentro e das imediações do Fórum.

Dentro do Fórum só havia espaço para dormir de pé; todos agrupados e enfileirados, lado a lado, como numa gigantesca lata de sardinhas especialmente confeccionada para seres humanos. Dormia-se apoiando-se nos vizinhos, que se valiam do mesmo truque para se manterem eretos. O mesmo arranjo podia ser visto nos alpendres, nas escadas, no Anexo I e até nos banheiros, onde um revezamento, no qual o corpo mais apertado rodava ao redor de outro, e depois de outro e mais outro, e assim sucessivamente até atingir a pichorra para finalmente se aliviar, virara novo esporte olímpico, sob a designação de tiro ao vaso.

Mas isso não era tudo, nem o pior que se podia encontrar. No forro, por exemplo, a situação era ainda mais dramática, pois, devido à baixa altura, só era possível ficar amontoado de cócoras.

Ao redor do prédio, dezenas de filas de pessoas, espremidas umas ao lado das outras, como num enorme aglomerado de pinguins antárticos, percorriam todo o perímetro externo do Fórum, formando um cordão de isolamento humano intransponível. Pela primeira vez, cambistas ofereciam ingressos para o julgamento a preços tão inflacionados quanto os vendidos para o desfile alguns dias atrás. Na gíria desses empresários, o desfile tinha micado e agora o Tribunal do Fato era animal!

Com todas as privações, a ansiedade geral aumentava exponencialmente. Faltava apenas uma. Inacreditavelmente, quatro **Estrelas** já haviam sucumbido desse para outro lugar qualquer. Aliás, se houvesse vida eterna em algum canto do universo, os habitantes desse lugar já deveriam estar desconfiados de que o povo do país tropical estava aprontando uma baita sacanagem, remetendo tantos estrupícios para os seus confins, e em tempo recorde.

Nessa altura, melhor era ser ateu, para não sofrer com o complexo de culpa insuportável de ter condenado tanta gente boa a passar o resto da vida eterna na companhia de tal grupo de escroques estelares.

E foi assim, em algum momento da madrugada, que o impensável emergiu em muitos milhares de mentes pensantes que passavam a última noite do Carnaval confinados num Tribunal: o Poder Estelar estava vulnerável e podia ruir a qualquer momento. Em termos futebolísticos, era como se o time do povo precisasse fazer cinco gols para ganhar o campeonato, e aos trinta do segundo tempo o placar já estivesse quatro a zero, com a vantagem de o árbitro do jogo estar no bolso! A metáfora só não era perfeita porque o Meritíssimo Fato Consumado era homem probo, acima de qualquer suspeita.

A expectativa de vitória era palpável. A madrugada havia sido de sono leve, suscetível a qualquer ruído não familiar. Vivia-se uma verdadeira vigília, num misto de alegria, espanto e apreensão. Havia sinais de satisfação por toda parte do Fórum. Afinal, faltava tão pouco.

Ou não?

Fato Consumado, herói desde as primeiras linhas deste relato, não por improvisação fraudulenta, muito menos por indicação de grupos lobistas com interesses escusos, mas sim pela ação tenaz e resoluta em momentos decisivos, sabia que essas coisas não eram assim tão fáceis e que, na realidade, faltava muito, mas muito mesmo, para a proverbial luz no final do túnel dar as caras. Sem tomar remédios já por algum tempo, Fato sentia-se rejuvenescido, alerta e até levemente bem-humorado. Depois do julgamento, precisaria visitar o cardiologista e rever sua prescrição. Talvez não precisasse mais de tantos agentes farmacológicos.

Mas a razão não o abandonava nunca. Como poderia fazer planos para depois do Carnaval? Nem mesmo sabia se estaria vivo, ou se teria livre-arbítrio sobre seus movimentos de ir e vir. Ninguém, muito menos ele, poderia prever nada. Tudo estava muito confuso. Verdade, restava apenas uma ***Estrela***, mas outras poderiam ascender rapidamente, dado haver um enorme número de candidatos à espera da menor oportunidade.

Mas quem diria, ali estava ele, num Fórum inundado de gente, como nunca ocorrera antes. A acusada encurralada. Até seu pai, Fato Inédito, onde quer que estivesse, e a despeito das profundas diferenças ideológicas que os separaram por boa parte da convivência, haveria de estar torcendo os bigodes, profundamente intrigado com a situação que orquestrara o seu varão primogênito, concebido em noite mais que propícia para a geração de juristas iconoclastas.

Mesmo sabendo que havia desempenhado suas funções acima de qualquer reprimenda, Fato tinha total noção de que na Quarta-Feira de Cinzas ele teria que estar preparado para algo que nunca enfrentara em toda a sua carreira: o imponderável fora do limite. Afinal, seria o dia do depoimento da acusada, seguido da instrução do júri e, em algum momento da madrugada de quarta para quinta, da proclamação do veredito. Se tudo saísse a contento, em caso de condenação, a sentença seria lida ao raiar do sol... antes da invasão das tropas do regime.

Nesse momento é conveniente esclarecer – antes que alguns incautos possam argumentar que a divulgação dos pensamentos do excelentíssimo juiz oferece prova definitiva de um julgamento preconcebido ou de um veredito premeditado – que Fato estava preparado para aceitar qualquer decisão do júri. Apesar de reconhecer o impacto tremendo que uma condenação de Ré Volução teria, Fato não se deixava levar por desejos íntimos e pessoais. Mesmo considerando todas as irregularidades e os improvisos que marcaram o evento, não abria mão de levar o julgamento até o fim, no máximo possível dentro dos ditames da lei. Se a condenação viesse, ela teria que ser conquistada pela vontade do júri. Legitimamente sacramentada, só assim poderia servir de estopim para a grande transformação almejada pela multidão que agora fazia do Fórum o refúgio e do julgamento a única esperança de redenção. Nesse contexto, a eventual condenação da acusada seria apenas o ponto de partida, o acender do rastilho de pólvora que faria despertar a rebelião em toda a nação, galvanizando os espíritos alquebrados e escravizados a se libertarem do estrangulamento perpétuo do medo, essa anoxia constante que impede a oxigenação da fagulha da indignação. Acima de tudo, essa aventura, impensável apenas alguns dias antes, de colocar a todo-poderosa Ré à frente de um júri popular, se vitoriosa, poderia acirrar a ousadia e eviscerar de vez o desejo de aniquilar a podridão da mediocridade que sufocava aquela sociedade, havia tanto tempo, sem nenhuma alternativa na lista de espera.

Tudo isso numa Quarta-Feira de Cinzas, com os salões vazios, sem desfiles, com os aposentos do Fórum iluminados, desde o amanhecer. Sem dúvida, seriam as 24 horas mais inesquecíveis da História daquele país tropical.

E foi assim, precisamente às oito da manhã daquela Quarta-Feira de Cinzas, que Fato Consumado entrou no auditório, dispensou todas as usuais mesuras da Corte e abriu a sessão.

— Os trabalhos serão encaminhados por todo o dia e pela noite, sem interrupções, com o propósito de melhor instruir o corpo de jurados. De acordo com o acerto prévio entre as partes, serão dispensados os pronunciamentos finais da defesa e da promotoria, passando-se agora diretamente à tomada de depoimento da acusada. Sendo assim, eu peço à senhora Ré Volução que se dirija à cadeira das testemunhas.

Fato se dirigia à acusada de forma tranquila e sem nenhuma preocupação aparente. A resposta de Ré Volução, em contrapartida, não poderia ter sido mais antagonista. De imediato, a mulher se levantou rispidamente, encarou a audiência por uns poucos segundos, ajeitou o vestido amassado e os cabelos desgrenhados e dirigiu-se para o assento a ela designado.

— Senhora, como acabei de informar à Corte, tanto o seu advogado quanto o promotor concordaram em abster-se de seus argumentos finais em favor de oferecer mais tempo para a tomada do seu depoimento, que será essencial para o esclarecimento de pontos obscuros. Apesar de ter se declarado culpada no início do julgamento, talvez num momento de descontrole emocional, a Corte gostaria de lhe oferecer uma nova oportunidade para estabelecer seus motivos e razões, ou então calar-se e resignar-se com o veredito imposto por seus pares.

Fato calou-se e esperou pela resposta da acusada, que, para alívio de todos, não tardou mais do que o tempo de reação motora médio requerido para o ato de traduzir pensamentos elétricos em impropérios verbais.

— Vamos terminar logo com essa farsa. Quanto antes, melhor! Afinal de contas, amanhã tudo isso vai acabar, e muito mal... para vocês todos, é claro.

Ré Volução começava a se mostrar em frases irônicas, espinhosas. Mas as suas provocações não escondiam certa insegurança.

Na plateia, o clima era de antecipação. Para não aumentar a temperatura ambiente, Fato ignorou a provocação, inaceitável em outros tempos, e deu marcha ao interrogatório da Ré. Como no caso das outras testemunhas, a acusada também aceitou a oferta do juiz para depor de forma livre, com mínimas interrupções.

Sem que Ré Volução ou qualquer outro membro da Corte tivesse a menor ideia, um grupo de moradores do morro próximo ao Fórum sub-repticiamente providenciou uma das suas gambiarras famosas, conectando o sistema de som e a única câmera do Tribunal a um dos caminhões de operação da rede Trim Plim, antes estacionado nas proximidades para transmitir os estertores do Carnaval. Dessa forma, graças a uma clara demonstração do espírito inovador nacional, em vez de cumprir a missão rotineira, aquele caminhão passou, no exato momento em que a acusada iniciou o seu depoimento histórico, a transmitir ao vivo, em onda curtas, médias e longas, para todos os palácios, condomínios, lares, botecos, motéis, prostíbulos e muquifos daquele país tropical, o desfecho do seu último Tribunal do Júri.

Num primeiro momento, não foram poucos os que pensaram ser esse mais um golpe de marketing do conglomerado de mídia, que, lançando justo na Quarta-Feira de Cinzas uma de suas inesquecíveis telenovelas, espalhando tudo o que há de mais fútil na condição humana em um número fixo de capítulos, provavelmente procurava ampliar, mais uma vez, a sua já estratosférica audiência. Bastaram alguns poucos minutos e a falta de comerciais para que todos, estupefatos, se dessem conta de que a emissora, outrora tão poderosa, fora vítima de um sequestro-relâmpago, perpetrado por uma gangue tecnopirata, advinda da emergente classe E. Foi assim, reduzida a mero conduíte eletrônico, que coube à rede Trim Plim, quem diria, transmitir aquela revolta, pelos seus cabos, terminais e satélites, fazendo-a ganhar dimensões virais, espalhando-a na extraordinária velocidade e intensidade das ondas de rádio e de luz, em todas as direções e frequências, por terra, mar e ar, para quem estivesse vivo, consciente, e portasse pelo menos uma cóclea apta para ouvir e uma retina para ver.

Era a glória!

— Párias, servos, escravos, entulho humano — Ré Volução realmente parecia querer aquinhoar e abençoar a todos — que se reúnem aqui nesta manifestação insólita e insana, arquitetada por vermes e parasitas que logo haverão de retornar às profundezas da Terra. Aqui estou eu, para deleite da turba ensandecida. Sim, aqui estou eu, em pessoa, para responder e assumir os chamados "crimes" imputados a mim. Num julgamento sem processo ou provas materiais, presidido por um juiz esclerosado movido por uma vendeta pessoal, com um júri coletado às pressas de dentro de uma lotação ilegal e com uma assistência, *argh* — Ré Volução encenou uma ânsia de vômito biliar —, uma assistência de parvos que havia poucos meses orgulhava-se em cultuar a magnitude das minhas realizações, saudando-me em público, marchando em meu nome pelas ruas e praças, nos feriados nacionais, a cada desfile militar, sonhando com a graça divina de receber um olhar, um aceno, um fugaz aperto de mão...

Ninguém reagia na plateia, enquanto país afora só se ouvia o ruído síncrono de milhões de queixos e dentaduras caindo. A Ré prosseguiu:

— ... todos vocês, aqui reunidos, nesses dias sagrados de Carnaval, pensam estar "julgando", nesse conluio sórdido e apócrifo, o cerne de um regime que dizem abominar. Todos vocês, manipulados e iludidos pela casta dominante deste Tribunal, transferiram as suas frustrações, os seus recalques, a sua mediocridade tíbia para levar a termo a crucificação de um mero bode expiatório, um simples instrumento, o mensageiro escolhido para realizar todos os seus desejos, cheios de preconceitos e intolerância. Escapando das sombras, dos esgotos, e até dos cemitérios, esse exército de hipócritas e franco-atiradores foi guiado para o próprio extermínio, apropriadamente agendado para uma Quarta-Feira de Cinzas.

"Seus líderes me fazem rir. Aboletados e amedrontados, anseiam desesperadamente pelo extermínio da última ***Estrela***, movendo-se por orações ou planos patéticos, forjados pela sequência infinita de atos inconsequentes, sem nem se preocupar por um instante sequer com o destino dessa massa pútrida que os segue como bovinos rumo ao matadouro. Não, não existem acusações contra mim, mesmo que eu voluntariamente me declare 'culpadésima' de todos os 'crimes' listados pela promotoria. Todos esses delitos, na realidade, nasceram nas profundezas da mente de cada um dos senhores e senhoras. Tanto eu como o regime por mim instalado nada mais fizemos que colocar em prática tudo aquilo que brotou espontaneamente da massa de covardes que aprovou, entusiástica e anonimamente, em cada gesto de omissão, em cada desvio de olhar, todas as medidas de exceção implementadas no país. Foi assim quando se fechou o Congresso. Quando se combateu a insurreição vermelha, quando se baniu, torturou e executou todo aquele que atentasse contra a ordem estabelecida. Foi pelo silêncio sepulcral de todos vocês, meus queridos cúmplices. De certa forma, para seu espanto, eu nada mais sou que uma serva dos seus desejos animais sangrentos.

"Pois bem — Ré Volução continuou —, uma vez estabelecida a devida origem de todos os crimes hediondos a mim imputados, passemos a uma breve análise da situação em que vocês se encontram neste momento. Suponhamos, por apenas um bilionésimo de segundo, que, por uma singularidade qualquer do universo, vocês consigam atingir o suposto objetivo dessa farsa jurídica. Isso mesmo, admitamos que a última ***Estrela*** sucumba e que se estabeleça um vácuo de poder. O que fazer? Quem tomará as rédeas da nação?

"Meus caros vermes, uma coisa eu posso garantir: certamente não serão vocês, nem as dezenas de milhões de seus clones que habitam todo este vasto território nacional. Mais rápido que o clarão que anuncia a tão desejada morte de uma ***Estrela***, um outro alguém preencherá esse vácuo, e, saudado pela turba enlouquecida pela 'vitória', ele colocará em prática uma realidade ainda pior do que aquela que todos se acostumaram a viver nesses últimos anos. Quase certamente esse novo ditador emergirá do meio das suas fileiras... – G. Túlio Largas Brasil sentiu um frisson nessa passagem do testemunho. – Talvez ele seja apenas um pobre coitado, miserável, um mero aproveitador de aluguel – Largas Brasil brochou –, servidor fiel desse e de outros tantos regimes passados que, no momento propício, se encontrou no lugar certo, anônimo ou medíocre o suficiente para ser alçado ao trono, para servir como o novo títere, o novo fantoche dos verdadeiros donos do poder.

“Não podemos eliminar a hipótese — continuou a acusada — de que uma estrelinha de segunda magnitude, temendo a morte por explosão, arrependa-se publicamente dos seus ‘crimes’, num verdadeiro auto de fé, sendo elevada à condição de salvadora da Pátria, nova ponta de lança da oposição. Vestida com um terno novo, de bigodinho aparado e cabelo bem untado de vaselina, ela posará para fotos junto aos líderes da revolta, beijará bebês nascidos no dia da vitória e, na primeira oportunidade, eliminará um por um dos seus concorrentes, usando tudo o que aprendeu durante o nosso governo para tomar o destino da nação nas próprias mãos, como numa cruzada pela probidade, se autoproclamando o ‘maior fiscal do país’. Como prêmio pela coragem e renúncia em prol da nação, de troco, o novo líder ainda será convertido em imortal da Academia de Letras, em honra de todos os livros que jamais escreveu. Tudo dentro da maior e inequívoca tradição quatrocentenária deste país tropical.

“Sim, meus queridos vermes e parasitas, pulhas e párias que habitam esta nação varonil, o poder nunca será de vocês. E, não sendo de vocês, de nada adianta o nome do mandatário, nem a sua aparência, seus modos, a cor da sua farda. Enquanto o âmago desse poder milenar não for diretamente tocado e domado pelas suas próprias mãos, só restará a vocês como consolo as miragens, parcos lampejos esporádicos, momentos em que o regime os convocará para ratificar, em eleições previamente decididas por interesses ocultos ou marqueteiros astutos, um destino já lavrado em escritura definitiva.

“Quanto a mim, vítima da obsessão compulsiva de um juiz enlouquecido pela vingança e pela ânsia de ser glorificado como herói nacional e que procurou, de todas as formas, deter meus passos com uma ridícula ideia de ‘justiça popular’, nada me resta além de esperar pelo desfecho desta encenação grotesca. Certamente, quando toda a farsa desabar, serão *vocês* — Ré Volução abriu os braços para envolver todo o auditório no escopo da sua praga —, covardes, inaptos, déspotas enrustidos, ditadores da sala de jantar, os que pagarão o preço mais alto por esse ato de traição.

"Vermes declarados, todos vocês, bem no fundo de cada um dos seus proglotes, sabem que fui apenas uma peça na engrenagem que move este país. Ainda que eu seja uma expressão do coletivo inconsciente das suas mentes, os seus 'delicados estômagos' não são capazes de realizar o serviço sujo necessário para manter esta nação unida, coesa, marchando para a frente. Não serei eu a última Ré Volução a exercer o poder em seu nome. Inúmeras descendentes minhas ainda hão de comandar toda a prole gerada por cada um de vocês. Pois vocês, em silêncio, oram para que alguém como eu realize tudo aquilo que ninguém ousa mencionar, mas que todos anseiam ardentemente.

"Os mortos, eles não contam mais. Muitos? Sim, foram muitos, mas muito menos que o necessário, como este julgamento claramente demonstra. Torturas? E por que não? Elas são tão velhas quanto a própria humanidade. Sempre existiram e sempre existirão.

"Párias... Ah, como eu gosto do som dessa palavra! Fiquem à vontade, aproveitem as últimas horas de impunidade. Logo mais, nada restará do registro orgânico da sua existência, desse juiz, desses jurados. Nem as paredes deste Tribunal sobreviverão intactas. Muito menos a História, essa eterna serva dos vencedores, manterá vivo qualquer fragmento do que se passou aqui. Quanto a mim, a imortalidade já me tem como inquilina. E não seria um encontro de desencontrados como este que poderia alterar tal desenlace.

“Meritíssimo, assim como a massa de manobra aqui reunida, o seu fim também está próximo. Todavia, eu mesma assegurarei pessoalmente que esse fim se estenda por muitos e muitos meses de martírio e agonia. E, quando o nosso eventual reencontro se der, mesmo que eu tenha novas feições, um novo linguajar, novas vestes e modos um tanto distintos, pretendo expor-lhe toda a minha filosofia de maneira, digamos, mais pragmática. Encontrá-lo sem os formalismos desta Corte será realmente uma experiência muito agradável; para mim, pelo menos. E, durante essa nossa derradeira sessão de revelação, eu garanto, o senhor ouvirá cada uma das minhas palavras como aprendiz atento, almejando ansioso pelo derradeiro ato de misericórdia que o conduzirá ao seu fim.

“Párias, vermes, este é o meu último aviso. Fujam dessa ideia utópica de revolta e retornem à única realidade que lhes cabe, o seu verdadeiro quinhão. Em seu benefício, nada jamais será feito. Nunca, jamais. Essa é a resposta que dou a tudo que vi, ouvi e presenciei aqui. Sim, eu sou a sua única e verdadeira Ré Volução, aquela citada em todos os depoimentos, a delatora, a torturadora, a assassina. Aquela que, a seu mando e em seu nome, executou todos seus mais íntimos desejos.”

CAPÍTULO 12

O MESTRE-SALA

Quem esperou pelo clarão de mais uma explosão estelar logo se decepcionou. Fora dos limites do Fórum, a manhã da Quarta-Feira de Cinzas transcorria normalmente, seguindo o script da tradicional ressaca da terapia de grupo nacional conhecida pela alcunha de Carnaval. Para surpresa geral, nenhum anúncio da Rádio Estatal foi ouvido depois do depoimento da Ré. Inexplicavelmente, rompendo uma já tradicional sequência de eventos estabelecida nos últimos dias, a última ***Estrela*** parecia ter resistido ilesa à metralhadora verbal de Ré Volução.

Dentro do Fórum, a decepção era mais do que palpável. O rastro de desapontamento podia ser seguido até as entranhas de cada membro da multidão que esperara em vão por um desfecho mais alvissareiro. Em vez de prefaciar a festa da vitória, a virulência das acusações contidas no discurso da acusada, bem como a falta de qualquer repercussão no status do regime estelar, que, em teoria, balançava moribundo, serviram de estopim para lançar o embrião da dúvida no seio da turba que agora ia além do Fórum, espalhando-se por todo o país. O que passava a dominar a massa era o bem conhecido zum-zum-zum, o cochicho ao pé do ouvido que tipicamente prenunciava explosões de descontentamento e revoltas populares.

Isso sem falar do medo, que voltava a dar as caras e a ditar a reação dos mais reticentes ou dos que sempre duvidaram de que toda essa bagunça fosse dar em alguma coisa.

Sentindo o pulso da plateia com a precisão de quem presidiu os maiores tribunais da História jurídica da nação, Fato Consumado sabia, imediatamente após o término do depoimento da acusada, que era preciso retomar, sem hesitação, as rédeas da situação e colocar o julgamento de volta ao rumo.

— Que fique registrado nos autos que a acusada, mais uma vez, assumiu voluntária e deliberadamente a autoria de todos os delitos a ela imputados. Além disso, faça-se constar também que, como resultado do depoimento da Ré, a presidência do Tribunal do Júri decidiu adicionar à denúncia original da promotoria os crimes de desacato e perjúrio. Tal decisão reforça a disposição desta Corte de repudiar até o final das suas deliberações, com todas as armas jurídicas à sua disposição, toda e qualquer ameaça velada, tentativa de coação ou ação intimidatória que emane de qualquer uma das partes envolvidas neste julgamento, inclusive e principalmente da acusada.

Quem estava começando a duvidar parou, ouviu e se aprumou. Mais uma vez, Fato sacudia a poeira e dava a volta por cima. O Meritíssimo não daria tempo para ninguém recuperar o fôlego, nem a poeira baixar.

— Passaremos agora à fase final deste julgamento, com a instrução do júri, que se recolherá para deliberar a respeito da denúncia oferecida pela promotoria.

Seguindo um roteiro que já fazia, havia gerações, parte do seu DNA jurídico, Fato dirigiu-se de corpo e espírito para o banco dos jurados e, limpando da mente a compreensão de que esse era o início da sua última intervenção no derradeiro julgamento popular, tanto da sua carreira como de todo o país, expôs didaticamente, para toda uma nação que agora era só ouvidos, como alguns poucos homens nascem determinados a fazer História e não a se curvar a ela.

— Senhores e senhora do júri, ao longo desses últimos dias, de um Carnaval que jamais será esquecido por todos que o testemunharam, foram expostas em grande detalhe as evidências acumuladas pela promotoria pública para acusar Ré Volução de uma lista impressionante de crimes e delitos contra o povo desta nação, contra os interesses do país e contra toda a espécie humana. Tanto a defesa constituída pelo Tribunal como a própria acusada tiveram amplas oportunidades para responder e refutar, de viva-voz, a todas essas acusações. Cumprido o ritual processual, nos melhores termos possíveis, apesar das condições desafiadoras e particulares que nortearam a realização dos trabalhos deste Tribunal, é chegada a hora de ouvir o pronunciamento da vontade do povo, por meio dos seus representantes legais.

Embalado pelo maior silêncio que envolveu aquele país tropical em tempos carnavalescos, Fato levantou as sobrancelhas desalinhadas e compartilhou com o corpo de jurados o peso da sua iminente responsabilidade, primeiro apenas com um olhar solidário, logo seguido por uma evocação que seria lembrada por toda a vida, por todos aqueles que tiveram o privilégio de ouvi-la, ao vivo, em pessoa ou intraútero, ou pelos mais diversos canais de comunicação de massa que agora uniam aquele Fórum à alma de uma nação inteira.

— Neste momento, cabe apenas aos senhores membros do júri do último Tribunal popular do país a decisão de condenar ou absolver Ré Volução. Seria irresponsável da minha parte omitir o caráter histórico, quase épico, que a sua decisão, seja ela qual for, terá para o futuro deste país, contribuindo para o processo de cicatrização das feridas e chagas abertas ao longo dos últimos anos. A tragédia humana, quase indescritível mesmo num Tribunal como este, continua a alimentar o sofrimento de uma geração. Dessa forma, não há como ocultar o fato de que, neste momento decisivo da nossa História, repousa nos seus ombros, senhores do júri, a esperança de uma nação que clama por justiça e pelo direito de oferecer aos seus mortos o único consolo possível: a certeza de que os responsáveis por seus suplícios em vida e pelo seu último sacrifício na morte sejam, finalmente, reconhecidos, denunciados e punidos por seus crimes. Em nome do povo do nosso país que nos ouve neste momento, bem como das futuras gerações que hão de nos julgar, sem dúvida, pela decisão tomada neste dia, eu os convido a exercer o seu dever cívico e, do fundo da sua consciência, emitir o veredito na queixa-crime que o povo deste país abençoado por Deus apresentou contra Ré Volução.

Revertendo qualquer vestígio de dúvida que ainda pairasse no ar ou em algum coração mais incauto, o Tribunal do Júri e suas imediações explodiram num urro coletivo raramente ouvido numa Quarta-Feira de Cinzas. Desconhecidos, espremidos um ao lado do outro, se abraçavam efusivamente, esquecendo que havia pouco a ração diária de papel higiênico fora reduzida pela metade. Lágrimas e beijos eram trocados sem distinção de cor, religião ou orientação sexual.

Afinal, apesar de ser quarta-feira, ainda era Carnaval.

Respeitando as leis da Física, como não poderia deixar de ser numa Corte presidida pelo Meritíssimo Fato Consumado – depois do atraso protocolar na transmissão dos sinais de rádio, televisão, telefone, telégrafo, tambor e até de fumaça –, os diferentes grupamentos humanos, espalhados pelo país de dimensões continentais, que se valiam de cada um desses métodos para receber notícias do julgamento, manifestaram-se da mesma forma e na mesma intensidade que aqueles que se aglomeravam nas cercanias do Fórum. Mães abraçavam rebentos, que não entendiam por que eram alçados ao foco do amor maternal de forma tão repentina. Casais de namorados faziam juras de amor eterno ao som da explosão de júbilo nacional. Passistas voltavam a dançar nas avenidas, embaladas pelas baterias, que retomavam seus acordes, construídos pelo som de atabaques, pandeiros, frigideiras e surdos de primeira e de segunda.

No entorno do Fórum, a gigantesca massa humana começou espontaneamente a cantar. Não o Hino Nacional ou algum samba, sucesso desse ou de outros carnavais. Sem que ninguém pudesse explicar, era um chorinho que o coral de milhares de vozes agora entoava, numa gigantesca serenata para os jurados que carregavam nas mãos os anseios de todos.

E, ainda assim, aparentemente, no meio de toda essa manifestação de euforia e êxtase, poucos se davam conta de que nada estava decidido, muito menos ganho.

Faltava o principal: o veredito do júri.

Recuperando-se da maior emoção de toda a sua longa carreira, Fato Consumado se retirara, logo no início da ovação que tomou conta do auditório do Tribunal, para seus aposentos privativos. Seguiram-no o promotor Acuso Nascerta e o advogado Sempre Passional.

Extenuado e sem forças para resistir à invasão dos colegas, Fato desabou no pequeno sofá que o acompanhara desde os tempos de faculdade, sem ainda se dar conta das repercussões do terremoto subversivo que ajudara a disseminar por todos os cantos do rincão nacional.

— Meu caro Fato, você não tem ideia do que está acontecendo... — O promotor Acuso Nascerta não conseguia conter-se. — Tentaram de tudo para derrubar Ré Volução, de protestos de massa à guerrilha urbana e rural. E quem seria capaz de adivinhar que justo um Tribunal do Júri realizaria a proeza de colocar no banco dos réus não só a ideóloga, mas todo o aparato repressor do regime? Se há um mês alguém me dissesse que isso iria acontecer, eu encaminharia essa pessoa a um manicômio judicial. E veja só isto: — Acuso levantou a cortina desbotada que cobria a pequena janela do aposento para mostrar a multidão que celebrava nas ruas — o que os fuzis não conseguiram, o filho rebelde do desembargador Fato Inédito concretizou. O bloco da verdadeira revolução tomou conta das ruas, meu caro, e em plena Quarta-Feira de Cinzas.

Acuso Nascerta não conseguia recolher o sorriso de dentes graúdos. Mas Fato preferia manter a cautela:

— Não terminou ainda, meu caro promotor. Como você bem sabe, quando a decisão é entregue para o corpo de jurados, tudo pode acontecer. Eu não contaria com o ovo antes da galinha.

Depois de contê-la por todo o julgamento, Fato revelava agora a preocupação latente com a aritmética da divisão do corpo de jurados, visível durante as deliberações do Tribunal.

— Claramente o Meritíssimo sabe do que está falando. — Sempre Passional parecia muito confiante para quem tivera a ingrata missão de defender uma genocida assumida e quase sucumbira a uma obstrução coronariana no processo. — Pela absolvição de todos os crimes, incluindo os últimos dois adicionados pelo senhor juiz, certamente já existem três votos garantidos: Deustodo Poderoso, Funesto Jurocrata e G. Túlio Largas Brasil. Não vejo nenhum desses três arredando pé dessa posição.

Sem que nenhum dos outros dois presentes o contestasse, Passional continuou a análise fria e objetiva de advogado de celebridades.

— Evidentemente, a promotoria pode contar com os votos de outros três jurados: Eagora José da Silva, Estalim Pertodaqui e Carlos Marques. Esses também não vão mudar de ideia.

Até aí a análise parecia perfeita.

— Em suma, o destino do julgamento e consequentemente do regime e de todo o país repousa nas delicadas, mas por demais comprometidas, mãos da senhora Primeiradama Kalker. O destino às vezes é cruel. Do nada, uma mera coadjuvante do regime passa à condição de protagonista da trama. E a nós, rábulas, juristas, Meritíssimo, resta apenas especular em que direção penderá a consciência dessa ex-servidora de **Estrelas**. Optará ela pela vingança certeira contra quem a relegou a segundo plano durante anos, finalmente contribuindo para que a nossa jurada fosse descartada do primeiro escalão da República, esquecida pelas diversas personalidades que usufruíram dos seus serviços e dotes, enquanto a juventude lhe manteve os atrativos? Ou, num ato de fidelidade canina, seguirá essa Primeiradama ao pé da letra a doutrinação recebida nos leitos do poder, relembrando as falsas declarações de amor e as vazias promessas de fidelidade que se desmancharam em poeira tão logo foram emitidas na forma de sussurros ou explosões de gozo estelares? As próximas horas dirão. E, quando o veredito for anunciado (e se tivermos a sorte de ainda estarmos vivos até lá para ouvi-lo), mais uma lição preciosa sobre os devaneios dessa imprevisível e indomável correnteza, também conhecida como natureza humana, será escrita.

Reunido em torno da única mesa disponível no Tribunal capaz de acomodar todos os membros, o corpo de jurados parecia refletir sobre a mesma aritmética cruel exposta à luz pelo bacharel em Direito, Sempre Passional.

— Infelizmente para todos os envolvidos nesta farsa, existe um impasse claro entre nós.

Funesto Jurocrata – proclamando o talento reconhecidamente superior do mercado em decidir grandes conflitos de opinião – tentava pautar os trabalhos do corpo de jurados. Sem muito sucesso, diga-se de passagem.

— Certamente não escapou de nenhum de nós o fato de que, dentro deste grupo, provavelmente existem três votos comprometidos com a absolvição da acusada e três votos determinados a condená-la. Resta, portanto, apenas um voto indeterminado nesse instante. — A. Mando de Carlos Marques tentava servir de contraponto ao representante do capitalismo tupiniquim. — Antes de decidirmos como resolver essa questão, todavia, seria importante confirmar essa situação com uma votação aberta de cada um dos membros.

Surpreendentemente, a sugestão de Marques foi aceita de imediato, mesmo por seu desafeto doutrinário, Estalimperto Daqui, e por seu inimigo ideológico, Funesto Jurocrata.

— Pois bem, passemos à votação — seguiu Jurocrata. — Faremos em sentido horário. Para registro, cada jurado deve apenas pronunciar o nome e veredito. Nenhuma manifestação, seja de apoio ou repúdio, por parte dos outros membros do júri será permitida. Depois de tantos dias, o mínimo que devemos um ao outro é o respeito à opinião alheia, uma vez que, dada a gravidade da decisão que devemos tomar, assume-se que cada um de nós deixou de lado suas ideias preconcebidas, votando agora apenas com a consciência, baseado nas evidências apresentadas durante o julgamento. Se todos estão de acordo, podemos prosseguir.

A confirmação silenciosa, oferecida discretamente pelos outros seis membros do júri, foi o sinal necessário para que se iniciasse a primeira votação oficial do último corpo de jurados da História do país.

E assim ela se deu, e os votos registrados foram proferidos na seguinte ordem e na forma exata aqui reproduzida:

— Eu, Eagora José da Silva, voto pela condenação da acusada por todos os crimes descritos na denúncia da promotoria.

— Eu, Deustodo Poderoso, em meu nome e de todos que represento neste mundo, absolvo a Ré de todos os crimes a ela imputados por esta Corte de exceção.

— Eu, Funesto Jurocrata, absolvo a acusada de todos os crimes detalhados neste julgamento e quaisquer outros nem mesmo mencionados. Viva o capitalismo.

— Eu, G. Túlio Largas Brasil, sigo meus dois colegas e absolvo essa pobre mulher de qualquer culpa ou crime.

Por um instante, todos os olhos da sala, menos um pobre par, se fixaram atentamente no próximo jurado da mesa. À espera de uma "zebra" de proporções mitológicas, eles aguardaram o pronunciamento.

— Eu, Estalimperto Daqui, condeno veementemente a acusada por todos os crimes expostos neste processo e por toda uma infinidade de outros delitos nem mesmo revelados aqui.

Faltavam apenas dois votos agora. A tensão na sala ainda era palpável, e alguns dos jurados suavam em bicas, não de calor, mas de pura apreensão.

— Eu, A. Mando de Carlos Marques, voto pela condenação da acusada. Nada mais precisa ser dito.

Como esperado, o empate havia se materializado: três a três. Placar ingrato, como diria qualquer aficionado do esporte mais popular daquele país. Faltava, porém, um jurado. Nos minutos finais do segundo tempo, o jogo poderia ser decidido quer para um, quer para o outro lado, para desespero das duas partes envolvidas.

Inicialmente, Primeiradama Kalker tentou disfarçar, dando a entender que não tinha nada a ver com isso. Depois de alguns minutos de silêncio, a tensão coletiva atingiu níveis insuportáveis, fazendo com que os presentes explodissem em cobranças. O que todos queriam ouvir era a manifestação da jurada, que poderia decidir o destino daquele julgamento.

Depois de o constrangimento atingir seu pico, o alvo de toda a frustração manifestou-se, primeiro de forma hesitante, mas logo assumindo o controle das próprias emoções.

— Eu, Primeiradama Kalker, neste exato momento, não tenho uma posição tomada. Eu poderia condenar ou absolver a acusada. Simplesmente ainda não estou convencida. Claramente, a Ré não é nenhuma santa. Eu mesmo testemunhei vários dos crimes de que a acusam. Por outro lado, é difícil crer que alguém possa ter elaborado, de própria iniciativa, e com tal requinte de crueldade, todos os delitos levantados pela promotoria. Além disso, diante da ameaça subversiva que o país enfrentou, com toda sorte de terroristas, malfeitores, bandidos e Deus sabe mais lá o quê assaltando bancos, sequestrando embaixadores, propagando que a revolução comunista estava *prestes*, opa, perdão pela palavra proibida, a triunfar, quem não apoiaria medidas fortes para salvar o país dessa horda de visigodos? Desculpe-me, peço mil perdões a todos, mas eu realmente não tenho uma posição definida. Será que podemos dar o resultado como empate? Ou pedir mais um tempinho para tomar uma decisão?

— A senhora perdeu a razão? — Estalimperto Daqui não aguentou. — O país todo está à espera do veredito. Ninguém sabe o que aconteceu com a última ***Estrela*** ou com o regime que ela comanda... ou comandava! Milhões de pessoas estão com as vidas paralisadas aguardando a nossa decisão. Empate? Como a senhora acha que essa decisão seria recebida pela multidão que tomou o Fórum e todas as suas redondezas?

— Prezada senhora — Carlos Marques mostrava mais tato —, infelizmente não dispomos de mais tempo. Uma decisão precisa ser tomada o mais rapidamente possível. Um empate não será aceito pelo Tribunal. Aliás, essa é uma das razões que fazem com que um júri seja formado por um número ímpar de membros, exatamente para evitar empates. O que nos resta, nesse caso, é abrir deliberações entre nós, a fim de auxiliar na sua decisão. Se a senhora pudesse detalhar mais onde residem as dúvidas, talvez nós pudéssemos focar a discussão nesses tópicos. Cada um dos dois lados poderia expor sua posição.

— Essa parece ser a única forma de prosseguirmos, uma vez que o impasse não parece ser definitivo — G. Túlio Largas Brasil concordou.

— Que assim seja. Se as duas partes fizerem um resumo das suas posições e se dispuserem a responder às minhas dúvidas, eu me comprometo a tomar uma posição. Ninguém poderá me acusar de não ter demonstrado uma atitude aberta ao debate, mesmo sob toda essa pressão.

Definidos os termos, deu-se continuidade ao julgamento de Ré Volução.

Logo que foi informado, ainda em seu estúdio privativo, do drama que se desenrolava na sala de deliberações do copo de jurados, Fato Consumado analisou a situação e concluiu que não havia nada a fazer, apenas esperar. Apesar de previsto, o impasse se prolongara por muito mais tempo do que se imaginava. Já passava das quatro da tarde e nenhum sinal de resolução emanava da sala, onde dois grupos de jurados se digladiavam em busca do apoio decisivo da jurada que teimava em não descer do muro.

Para se distrair um pouco, por alguns minutos Fato observou os rios de gente que continuavam a desaguar nas imediações do Fórum. Incitados pela transmissão televisiva da manhã, pessoas de todos os estamentos da sociedade haviam abandonado suas casas e suas vidas e debandado rumo às cercanias do Tribunal para acompanhar o desenlace do julgamento. De uma hora para outra, Fato e seus companheiros haviam adquirido notoriedade nacional, e a sua façanha, o julgamento, se transformado na obsessão de milhões de pessoas.

E, agora, toda essa mobilização humana sem precedentes poderia ruir e virar poeira, de um momento para outro, dependendo do veredito final de sete jurados, recrutados do interior de uma lotação ilegal do centro da cidade. Irônica e cruelmente, o mesmo processo jurídico que enchera de esperança a todos poderia permitir que a acusada escapasse impune, mais uma vez, como em tantas outras antes.

O nó na garganta que Fato sentira ao final da sessão só fizera aumentar nas últimas horas. Ninguém poderia prever quanto tempo mais seria necessário até que o júri chegasse a uma decisão. E tempo não era uma commodity em grande oferta àquela altura.

Fato Consumado não tinha mais nenhuma dúvida; precisavam, com urgência, de um fato novo.

Fato Novo!

Nem bem a imagem do rosto do filho desaparecido chispara pela mente de Fato Consumado, que esboçava um leve sorriso com a lembrança prazerosa, o evento que mudaria o rumo daquele Carnaval de uma vez por todas começou a se desenrolar do outro lado da praça.

Tão focada estava a multidão nas deliberações que ocorriam dentro do prédio do Fórum que quase ninguém notou quando os batalhões da tropa de choque das forças de segurança começaram a se aglomerar a cerca de um quilômetro do Tribunal, bem na concentração da pista do Sambódromo, preparando o assalto final.

Apesar de ter previsto e ensaiado a cena em sua mente ao longo de todo o julgamento, foram precisos alguns segundos para que

Fato Consumado, observando as preparações da tropa através da sua pequena janela, se acostumasse com a ideia de que o regime iria mesmo cumprir a palavra de invadir o Fórum e reprimir o ato de rebeldia jurídica da forma como tradicionalmente resolvia outras pendengas no passado: a bala.

Para chegar ao Fórum, todavia, as forças da repressão teriam que desfilar pela mesma passarela por onde haviam passado todas as escolas de samba nas noites anteriores. O percurso obrigatório, entupido de populares à espera do veredito, daria algum tempo para que Fato tentasse dispersar a multidão e evitar uma tragédia ainda maior.

Fato já se preparava para sair dos seus aposentos rumo à porta principal do prédio quando foi surpreendido pela entrada intempestiva do senhor May Rinho, que, quase sem conseguir respirar, trazia na mão uma mensagem cujo timbre, exposto na margem superior esquerda da página, faria tremer qualquer outro cidadão daquelas bandas.

Para piorar o ataque de pânico do já quase afásico senhor May Rinho, Fato Consumado não demonstrou nenhuma reação visível ao receber de suas mãos a carta datilografada que lhe era endereçada. May Rinho tinha certeza de que o Meritíssimo Juiz reconhecera, nos poucos segundos em que visualizara a missiva, tanto o timbre do Palácio Estelar quanto a assinatura que enclausurava a mensagem num véu aterrador. Não havia dúvida alguma: a carta endereçada ao juiz viera diretamente da **Uma*Estrela** viva, a mandatária sobrevivente, que, depois do falecimento repentino das parceiras, comandava sozinha os destinos de todo o território nacional.

Fato Consumado nem bem terminara de ler a carta, e Acuso Nascerta e Sempre Passional se juntaram a ele.

Acuso Nascerta foi o primeiro a interrogar Fato:

— Quais são os termos da rendição? Nos dão alguma alternativa?

Sempre Passional, dessa vez, foi mais pragmático:

— Alguma chance de sairmos vivos daqui?

Fato encarou ambos os colegas e quase teve vontade de gargalhar das perguntas desesperadas de ambos.

— Senhores, lamento desapontá-los, mas essa missiva não trata dos termos da nossa rendição ou dos detalhes do destino que nos espera.

— Mas, se não é esse o assunto — disse o promotor, sem disfarçar a ansiedade —, a troco do que uma ***Estrela*** mandaria uma carta no momento em que a tropa de choque se prepara para invadir o Fórum?

— Meus amigos, alguns minutos atrás, refletindo sobre o impasse na votação dos jurados, eu ansiei por um fato novo. Fato Novo, como vocês sabem, é o nome do meu filho. Devo confessar, porém, que nem mesmo o meu menino acreditaria se eu lhe contasse o teor desta carta.

— O que a ***Estrela*** escreveu? Nem mesmo uma rendição honrosa nos foi oferecida?

— Doutor Passional, a ***Estrela*** não nos ofereceu nenhum termo de rendição.

— Mas por que não? Não é possível que ela prefira o confronto, um banho de sangue! A repercussão será mundial.

— Fato — era Nascerta que assumia a palavra —, a gravidade da situação não condiz com essa sua postura.

— O que você quer dizer, promotor?

— Não acredito que num momento tão dramático o Meritíssimo esteja sorrindo, quase a ponto de gargalhar.

— Nascerta, depois de ler o que eu acabei de ler, você provavelmente faria o mesmo.

— Caralho, Fato, o que diabos está escrito nessa carta?

— Meus amigos, a ***Estrela*** não nos ofereceu nenhum termo de rendição por uma razão muito simples.

— Qual? — gritaram em sincronia os dois bacharéis desfigurados pelo pânico.

Por volta das cinco da tarde daquela Quarta-Feira de Cinzas, ninguém dentro ou fora do Fórum podia tirar os olhos do aparato colocado em posição de ataque pelos múltiplos batalhões da tropa de choque, perfilados bem na entrada do Sambódromo, em uniforme de gala, como se estivessem prontos para iniciar uma parada militar.

— Que salafrários. Puseram a melhor farda para vir acabar com a nossa festa.

O desabafo anônimo vindo da multidão resumia bem a sensação de impotência que começava a tomar conta de todos.

E então, quando tudo parecia pronto para o início da marcha-ataque de final de tarde, os mais atentos (ou aflitos) notaram a chegada de um grupo de batedores que escoltavam um carro preto estrangeiro, certamente blindado. O automóvel trazia duas bandeiras espetadas nas laterais dianteiras, cada uma delas contendo a insígnia do Poder Estelar. Das arquibancadas e dos camarotes do Sambódromo, um dos muitos locais escolhidos de improviso para abrigar a multidão que convergira nas últimas horas para acompanhar o desenlace do julgamento, foi possível vislumbrar o momento exato em que a ****Uma*Estrela****, a derradeira, desceu do carro oficial, cercada de guarda-costas. Trajando um uniforme de chefe de Estado e comandante supremo das forças estelares e carregando todas as condecorações e medalhas ganhas a troco de não se sabe bem o quê, a ***Estrela*** prontamente revistou as tropas de assalto a passos rápidos, trocando continências com os comandantes de cada unidade. Finda a revista, assumiu sua posição de comando.

Como era de esperar, todos os que testemunharam o ritual em primeira mão começaram a se preparar para o pior. Instantaneamente, famílias inteiras começaram a se despedir às pressas. Testamentos foram modificados no ato. Filhos bastardos, reconhecidos de imediato. Cartas de despedida, escritas e embaladas em contêineres pouco ortodoxos, foram arremessadas das arquibancadas. Poemas e até um hino foram compostos de improviso. Muitos foram vistos orando para um sem-número de divindades. Outros se resignaram a esperar pelo destino em silêncio. A maioria esmagadora, porém, levantou-se nas arquibancadas e na passarela para agraciar as forças de repressão estelares com a maior vaia jamais conferida a qualquer outro grupamento humano que evoluiu suas alas por aquele verdadeiro palco ao ar livre.

Assim, desde os seus primeiros passos, diante da última ***Estrela*** – sob os acordes da marcha militar entoada pela banda estelar que acompanhava os milhares de meganhas que se afunilavam pela passarela do Sambódromo –, aquela gigantesca plateia de desenganados, formada às pressas por habitantes de todas as partes do país, apupou, xingou e protestou aos berros, como se seus gritos fossem balas e petardos mortais que pudessem deter a progressão inexorável do exército rumo à fortaleza que, pelos últimos dias, abrigara e multiplicara todos os delírios e devaneios de liberdade e esperança daquele povo.

Apesar da chuva de impropérios e saliva, bem como o bombardeio de confete e purpurina com que foram recebidas e banhadas por todo o percurso de quase um quilômetro, as tropas estelares mantiveram a formação intacta e evoluíram de forma ritmada e compacta ao som da polca, repetida sem parar, pelo conjunto de metais da banda da I Divisão de Veiculos Semimotorizados. À frente de toda essa armada, a ***Estrela*** e seu batalhão de guarda-costas eram uma verdadeira comissão de frente, seguida de perto pelo carro oficial da autoridade, assumindo o papel do Abre-Alas do que alguns na arquibancada apelidaram como Grêmio Recreativo Escola de Samba Unidos da Sacanagem Estelar.

No momento em que a comissão de frente das forças de repressão cruzou dois terços da pista, a plateia começou a se dar conta de que toda a evolução da tropa havia transcorrido sem que nenhum dos protestantes tivesse sido preso, nem mesmo incomodado. De forma quase delicada, o desfile foi abrindo o próprio caminho pelo mar de gente que se apinhava na pista do Sambódromo, sem provocar nenhum dos transeuntes, que continuavam a ventilar a plenos pulmões toda a frustração pelo ato militar que ali se desenhava.

Nas proximidades do Fórum, milhares de pessoas ainda organizavam a última linha de defesa: uma verdadeira muralha humana, formada por múltiplos anéis concêntricos de gente encadeada pelos braços, postando-se ao redor do prédio do Tribunal com a intenção explícita de resistir até o fim. Barricadas eram erguidas usando-se todo e qualquer material disponível, inclusive pedaços das arquibancadas usadas durante o desfile das noites anteriores. Não faltou também inovação nos planos de defesa do coletivo do Fórum: várias catapultas foram improvisadas e carregadas com gigantescas esferas de serpentina coletadas das latrinas do Tribunal.

Esses canhões populares foram postados na praça em frente ao prédio para oferecer às tropas estelares uma salva de 21 tiros inusitada.

A despeito de toda essa algazarra, o júri continuava reunido, deliberando em busca de um veredito final, alheio a toda e qualquer notícia do mundo exterior. A essa altura, é provável que os sete membros enclausurados naquela sala fossem os únicos habitantes da nação a desconhecerem a chegada iminente das tropas estelares ao Fórum.

Aproximadamente às seis da tarde – como relataria o único jornalista estrangeiro presente na cena, o repórter esportivo suíço Ditier Notrono, oriundo da maravilhosa cidade de Lausanne –, cercada de povo por todos os lados, a comissão de frente e todas as demais alas da coluna estelar penetraram no amplo espaço da praça da Apoteose e ali se acomodaram da melhor forma possível, sem dar nenhuma pista de quando se iniciaria a invasão ao reduto dos subversivos.

Postada à frente do contingente das forças de segurança, a ***Estrela*** assumiu posição de sentido, perfilando-se de frente para a fachada principal do Fórum. Ao que tudo indicava, a ***Estrela*** estava apenas à espera de algum sinal para ordenar que as suas tropas seguissem com a invasão.

Sem que ninguém pudesse explicar o porquê, alguns minutos se passaram sem que a ***Estrela*** suprema alterasse sua postura ou tomasse qualquer atitude. Nessa altura, as vaias e xingamentos começaram a se dissipar, sendo substituídos por sinais de apreensão e angústia coletivas. Foi precisamente nesse momento de transição do estado emocional da multidão que, sem muito alarido, aqueles que se aglomeravam nas arquibancadas da praça da Apoteose notaram uma pequena comitiva, formada por três homens de meia-idade, tentando navegar pela barricada de corpos espremidos em direção à autoridade máxima do regime.

Tão logo a ***Estrela*** se deu conta que os três bacharéis se aproximavam da entrada da praça da Apoteose, ela se virou em direção as tropas e emitiu a ordem que todos temeram ouvir ao longo dos dias daquele Carnaval:

— Calar baionetas! Preparar todas as armas!

CAPÍTULO 13

A APOTEOSE

— Fato, pode repetir o que acabou de dizer? Não dá para acreditar!

Nascerta esbravejava, enquanto tentava seguir o ritmo frenético das passadas do juiz, passando pelas pequenas frestas que se abriam por entre o sincício humano que os separava da ***Estrela*** e de um destino que, provavelmente, já tinha sido selado.

— Eu sei que não faz o menor sentido, Nascerta, mas é o que está escrito na carta. Por razões que eu ainda desconheço, e que provavelmente jamais serão esclarecidas a contento, a ***Estrela*** não veio até aqui disposta a receber a nossa rendição.

— E o que raios nós viemos fazer aqui, então? Servir de bucha de canhão para o ataque final? — Sempre Passional mal podia conter a aflição, seguindo o trajeto errático dos dois companheiros.

— Em mais alguns instantes vocês vão poder ouvir a resposta pessoalmente.

Fato, porém, não se importava mais com qual seria a resposta. A única coisa que ele queria era encarar a derradeira ***Estrela*** de frente, olho no olho, mano a mano.

— Durma-se com um barulho desses! — Nascerta tentava manter a tranquilidade.

— *Fucking unbelievable!* — Passional não resistiu à tentação de entrar para a História demonstrando seus dotes de poliglota.

Quando ficou evidente que os três representantes dos amotinados haviam finalmente se livrado da parte mais densa da muralha humana que defendia o perímetro externo do Fórum, e agora caminhavam, a passos largos, pela entrada oposta da praça, a ***Estrela*** levantou o braço direito e deu o comando derradeiro.

— Avançar!

Sincronizadamente, as testemunhas oculares da cena – espalhadas por arquibancadas, viadutos, marquises, prédios vizinhos, espremidas nas ruas e dentro das dependências do Tribunal, bem como milhões de habitantes daquela nação que acompanhavam a distância o desfecho do confronto – inalaram todo o ar disponível ao redor, num milissegundo de antecipação coletiva.

Enquanto as forças da repressão estelar iniciavam, lentamente e na mais perfeita ordem, o deslocamento de todo o seu aparato bélico em direção ao Fórum, no horizonte o pôr do sol anunciava protocolarmente o fim do Carnaval. Seguindo com olhos transbordando de lágrimas as últimas lambidas douradas se esvaindo pela vastidão do céu já cravejado pelas primeiras constelações, como se ansiosas em conhecer o desenlace daqueles acontecimentos, muitos não puderam represar a angústia de não saber que tipo de país seria saudado pelo próximo amanhecer.

E foi assim, bem no epicentro de todo esse cataclismo, que se encontraram, na Apoteose, os prepostos escolhidos para representar as duas metades fratricidas em que fora dividida a nação.

— Alto! — Ao comando da ***Estrela***, a progressão das tropas estacou de imediato. — Meritíssimo Fato Consumado, eu presumo?

— Sim, sou eu.

— E esses senhores esbaforidos ao seu lado com toda a certeza são o excelentíssimo promotor Acuso Nascerta e o nosso ilustre bacharel das causas perdidas, doutor Sempre Passional?

Ambos responderam com uma discreta e silenciosa confirmação.

— Agradeço aos senhores por aceitarem o meu convite para comparecerem a este encontro. Dadas as circunstâncias, e a falta de tempo para arranjos mais formais, essa era a única maneira de dar cabo desse impasse o mais rápido possível, evitando um banho de sangue e a perda desnecessária de vidas inocentes.

A ***Estrela*** dava claros sinais de estar em pleno controle da situação. Voltando-se para as tropas e abrindo ambos os braços como que para medir a amplitude da sua força aliada, ela deu continuidade ao breve pronunciamento:

— Bem, como os senhores podem ver, todas as forças estelares foram recrutadas para testemunhar este evento, que servirá de exemplo para futuras gerações. Assim, uma vez que ambas as partes se encontram presentes, podemos dar continuidade à cerimônia.

Olhando brevemente para o lado direito, a ***Estrela*** deu início ao epílogo da crise que abalara as fundações daquele regime.

— Senhor Marechal, por favor, dirija-se aos três representantes dos rebeldes e entregue a eles o que lhes é mais que merecido.

Espontaneamente, e sem oferecer qualquer resistência, Nascerta e Passional fecharam os olhos, abaixaram o rosto e ergueram ambos os braços, postando as mãos juntas a meio-corpo, à espera dos grilhões e das primeiras humilhações que dariam início ao seu suplício sem fim como prisioneiros do Estado.

Diferentemente dos colegas, Fato Consumado manteve a espinha dorsal ereta, os braços imóveis e a face serena. Desde que lera a carta da ***Estrela***, ele tivera o pressentimento de que o final viria exatamente dessa forma. O sorriso que estampara nos lábios desde então agora se libertava de vez, sem qualquer resquício de pudor. E as lágrimas que agora escorriam a cântaros eram a maior de todas as sentenças jamais proferidas por aquele juiz de carreira.

— Pois bem, aqui está, senhores. Uma cópia original para cada um dos senhores, datada e assinada de próprio punho, com firma reconhecida no I Cartório de Títulos, como manda a nossa tradição.

— Mas o que é isto? — Nascerta foi o primeiro a acordar do pesadelo e ler o documento de uma só vez.

— Ora, senhor promotor, o ato oficial que prometi na minha carta ao senhor Meritíssimo.

— Mas não faz nenhum sentido!

— Pode não fazer para o senhor, que ficou trancado o Carnaval todo num Fórum, limpando a bunda com serpentina azul. Mas para mim, que testemunhei a implosão de três companheiras de armas, além do definhamento de outra, e passei as últimas horas à espera de destino igual ou pior, faz todo o sentido do mundo.

— Carta de Renúncia Estelar! — Sempre Passional não conseguiu passar do título do documento que ele agora segurava com as mãos algemadas apenas na sua imaginação (ou consciência, a dúvida persistiria por muitos anos).

— Incondicional. Sem volta. Para mim, chega. Cansei de passar o Carnaval naquele bunker subterrâneo, sem *room service*, à espera de um golpe de Estado, um *putsch* militar, uma revolta popular ou uma revolução comunista. Não tenho nenhuma vocação para mártir nem para supernova. Vocês queriam depor o regime com seu teatrinho judicial, não é mesmo? Pois conseguiram. O país é todo seu. Como diz o dito popular: o último que apague a luz e tranque a porta. Eu segui a receita à regra. Luz apagada, porta trancada. Neste instante solene entrego, simbolicamente, é claro, as chaves do regime e me escafedo, vivo, para entrar na História em tempo de aproveitá-la. Já tenho um ótimo estoque de pijamas, passagem de primeira classe para um longo exílio no exterior, onde tentarei me esforçar ao máximo para desfrutar da humilde aposentadoria que foi depositada, ao longo dos últimos anos, numa conta secreta de um paraíso fiscal cujo nome não me vem à mente neste instante. É pouco para compensar a possibilidade de nunca mais poder retornar à terra natal, mas um patriota como eu sabe o momento de sacrificar o próprio bem-estar em prol do bem comum da nação.

Enquanto Fato só conseguia gargalhar, seus colegas ainda atônitos buscavam explicações para o que estava acontecendo.

— Mas por que trazer todo esse aparato bélico? Por que dar a impressão de que iria atacar o Fórum e trucidar a todos?

— Meu caro promotor, quanta ingenuidade. Realmente os senhores não têm ideia do que aconteceu no país desde que vossas excelências se trancaram nesse Tribunal. Basicamente, toda a nação, das creches aos asilos de idosos, está em estado de sublevação. O vírus gerado por esse julgamento espalhou-se como peste por todos os cantos do nosso rincão. Como resultado final desse ato de sedição, muito antes da rendição formal que ora celebramos, os comandos militares da capital se sublevaram em resposta ao clamor popular desencadeado pelos depoimentos durante o julgamento. Ondas e ondas de cidadãos comuns tomaram os quartéis e exigiram que seus filhos, soldados, sargentos, capitães, coronéis e generais, se juntassem à massa sublevada. E, por mais surreal que isso possa soar, o absurdo virou realidade. O exército se juntou ao povo, antes de o Carnaval acabar.

"As tropas que acabam de desfilar — a ***Estrela*** continuava o relato como se estivesse num chá das cinco — são as últimas leais ao meu regime moribundo. A sua presença e o desfile público eram necessários para garantir que eu chegasse são e salvo a este encontro derradeiro. Sem essa artimanha (ou suprema humilhação, a escolha será decidida pelos historiadores), eu já teria virado picadinho estelar, trucidado por algum bloco desgarrado do desfile principal.

"Vale dizer que esse contingente militar só está aqui porque lhe foi dada a garantia absoluta de que a minha renúncia seria apresentada aos senhores bem aqui, de frente para a sede da rebelião que pôs fim ao regime das ****Cinco*Estrelas****."

Essas palavras foram o bastante para que a notícia, partindo do coração da rebelião, começasse a se irradiar em todas as direções, como um verdadeiro Big Bang às avessas: ao invés de trazer a luz, decidira por varrer de vez qualquer sinal de ***Estrela*** daqueles céus tropicais.

— A ***Estrela*** renunciou!

— O regime caiu!

Como fogo jovem em rastilho de pólvora fresco, as novidades fizeram a multidão presente explodir numa comemoração típica de Final de Copa do Mundo ganha por goleada, em pleno anoitecer daquela que para sempre seria lembrada como a Quarta-Feira de Cinzas da Redenção.

No meio da algazarra, do pipocar de fogos de artifício e das demonstrações de êxtase sem paralelo, Fato Consumado sentiu de repente uma mão conhecida no ombro.

Era o senhor May Rinho.

De cenho fechado, ele pomposamente revelou a razão da sua última missão antes da aposentadoria por tempo de serviço, transferindo um pequeno envelope para a mão direita do juiz ao qual servira por toda uma vida.

— Meritíssimo, o veredito do júri.

Trazido de volta à realidade quase à força, Fato Consumado se aprumou. Depois de dedicar um momento à memória do pai e do filho, olhou para a multidão em festa e, armado com o otimismo juvenil que dela emanava, buscou dentro do envelope a folha de papel que continha a decisão do maior julgamento popular da História daquele país.

Mesmo em meio à balbúrdia, bastou uma fração de segundo para que as poucas marcas de tinta fossem impressas em retinas que já tinham visto de quase tudo na vida. De lá, imediatamente seguiram para o lugar onde permaneceriam registradas pelo resto dos dias do juiz.

Sem esboçar qualquer reação, como lhe impunha o protocolo do cargo que ocupara honrosamente por mais de meio século, o Meritíssimo Juiz de Direito Fato Consumado – herdeiro de uma longa tradição de juristas – recolocou o papel no envelope oficial, e, antes de se perder anonimamente no meio da turba, pronunciou a sentença, ainda que em silêncio, deixando o veredito oficial do último Tribunal do Júri no único lugar apropriado: bem no meio da Apoteose.

EPÍLOGO

A turma de garis nunca vira tanto papel picado, tanta serpentina, tanto confete, tanto entulho depois de uma Quarta-Feira de Cinzas. Como o país ainda não retornara à normalidade, alguns progenitores, os que pertenciam à primeira brigada de garis a chegar à praça da Apoteose, foram obrigados a levar os filhos para a operação limpeza daquela quinta-feira.

— Pai, olha o que eu encontrei no meio do lixo!

— Não falei para você não mexer nisso, Pedro Ivo? Não basta a trabalheira que vamos ter limpando este lugar, você ainda quer procurar "tesouros" no lixo?

— Mas, pai, olha aqui o que está escrito neste papel todo enfeitado. Não consigo entender. Parece um placar de um jogo de futebol, mas eu nunca ouvi falar desses dois times. E olha que eu conheço futebol!

— Deixa eu ver, Pedro. Me dá o papel. É verdade, nunca ouvi falar desses dois times.

— Mas olha o resultado final, pai!

— Absolvida 4 × Culpada 3. É, Pedro, deve ter sido mesmo um jogão!

Leia também

Uma ameaça sem precedentes, uma rede de conspiradores poderosos e dispostos a tudo... e apenas uma neurocientista e um matemático podem salvar a humanidade.

Nada mais será como antes: a eletrizante primeira ficção científica de um dos maiores cientistas brasileiros!

**Acreditamos
nos livros**

Este livro foi composto em Lineatura
e Sentinel e impresso pela Lis Gráfica
para a Editora Planeta do Brasil em
setembro de 2025.